U0079836

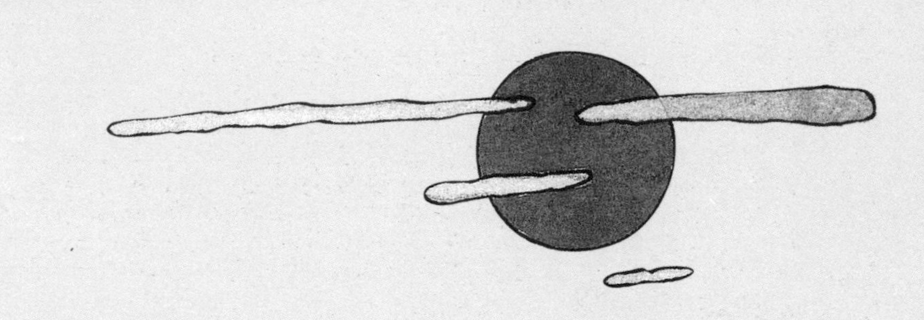

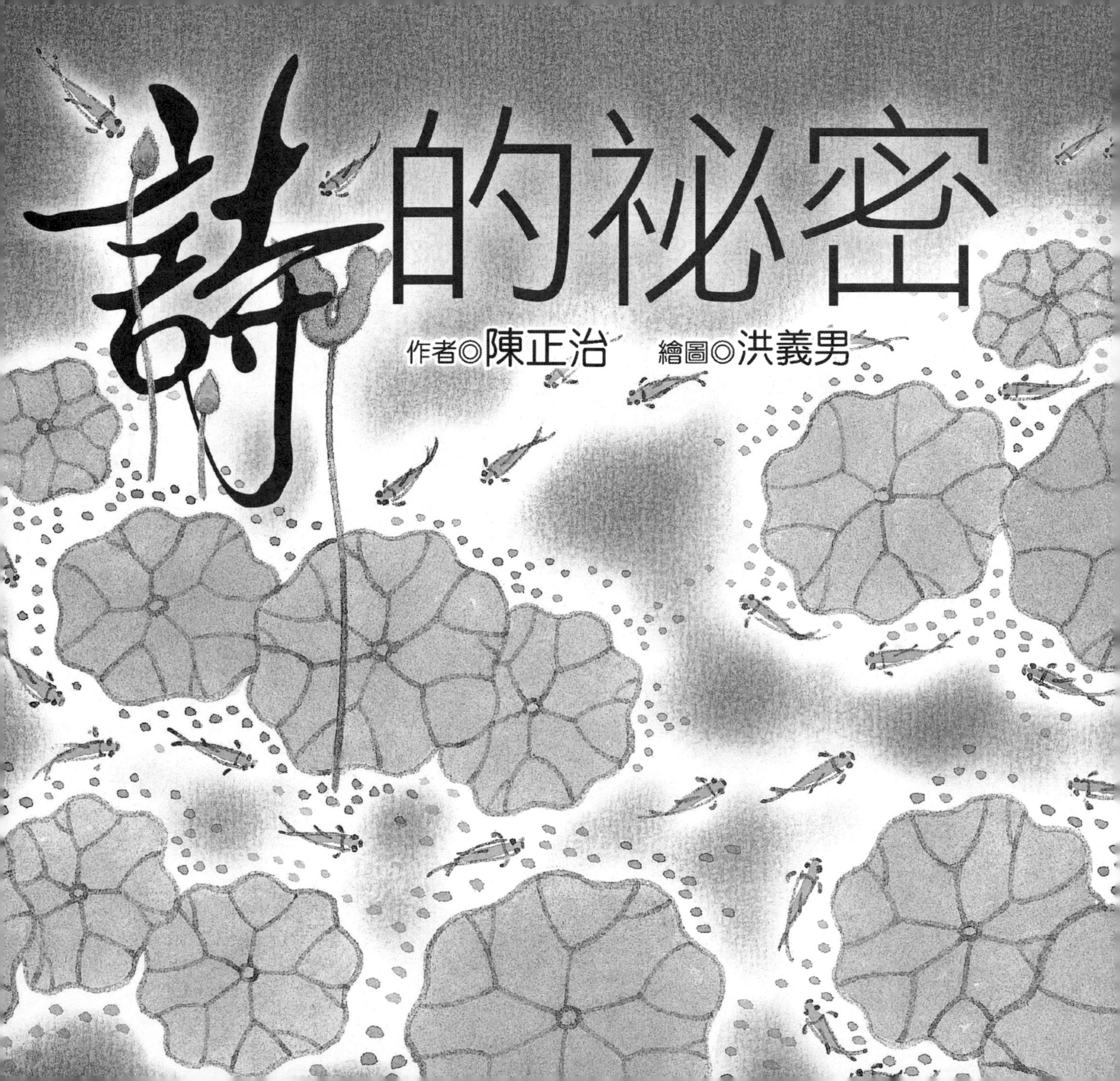
詩的祕密
作者◎陳正治　繪圖◎洪義男

【自序】

不學詩，無以言

◎陳正治

中華民族是詩的民族。從古至今，有名的詩人達好幾千人，好的作品更是千萬首。近三千年前的《詩經》，便是孔子教學生的教材。他除了說：「詩可以興，可以觀，可以群，可以怨。邇之事父，遠之事君，多識於草木鳥獸之名」外，還說：「不學詩，無以言。」前句的意思是說詩的功用；後句的意思是說：不學詩，連講話都講不好。

我讀國小的時候，背誦過一首唐朝詩人王維寫的〈雜詩〉：「君自故鄉來，應知故鄉事。來日綺窗前，寒梅著花未」。聽說這是懷念故鄉的詩，但是為

什麼問故鄉來的人「梅花開了沒」，不是寫王維喜愛梅花，而是懷念故鄉呢？我得不到滿意的答案。

十八歲時，我從新竹師範畢業到國小教書。在語文補充教材中，我選了好多首〈雜詩〉這類的好詩介紹給小朋友。雖然我可以翻譯出詩的表面意義給小朋友，但是詩的深層意義也沒法子介紹；當然，為什麼問故鄉來的人「梅花開了沒」，不是寫王維喜愛梅花，而是懷念故鄉？我也沒能力解答。

後來我讀大學，修了「修辭學」的課，以及看了很多詩學的書，慢慢體會出詩人寫詩的思考過程和對事物的感覺，終於了解為什麼王維問「梅花開了沒」是懷念故鄉，不是「喜愛梅花」的答案。

廣義的詩，包含古體詩、近體詩、以及唐宋興盛的詞、元朝的曲，甚至現代的新詩。這些詩可以淺嘗，更可以深嘗。一般人讀詩會覺得這首詩很好，但是好在哪裡，卻說不出來。這就是「知其然，不知其

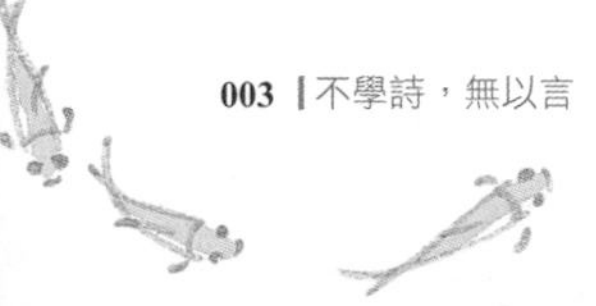

所以然」的現象。我在大學裡擔任「修辭學」課的時候，指導大學生欣賞詩，要求他們多從深層意思去思考，了解它的文化內涵和文學藝術，不要只停留在「語言」層次的表面意義上；這是培養他們欣賞詩時，能「知其然，也知其所以然」，享受詩的內涵和表達的藝術。

本書選了王維的〈雜詩〉等三十首內涵深遠、語言淺顯、大眾熟悉的好詩，盡量採用臺大何寄澎教授說的：「思考作者的思考，感覺作者的感覺」的賞詩原則，把內容或作法，深入淺出的表達出來，讓讀者「知其然，也知其所以然」，得到讀詩的快樂，也獲得詩中的精髓及美妙的寫作技巧。在目次的安排上，本書根據詩的抒情、景物、敘事等類別將這些詩分類。考慮少年、兒童讀者的語言程度，先介紹語言淺顯的，再介紹語言略深的作品。

本書大部分曾發表在《國語日報》，謝謝刊載拙稿的王天昌教授及王秀蘭、陳素真等兩位主編小姐。另一部分是在幼獅文化公司圖書主編林泊瑜小姐的邀稿下而作。現在能結集成書，要感謝的人很多，除了上述的四位先生、小姐外，也要感謝幼獅文化公司總編輯劉淑華小姐的給予出版機會，及為本書出版而費心的編輯們。當然，更應該感謝好友洪義男先生撥空而作的精美插圖。

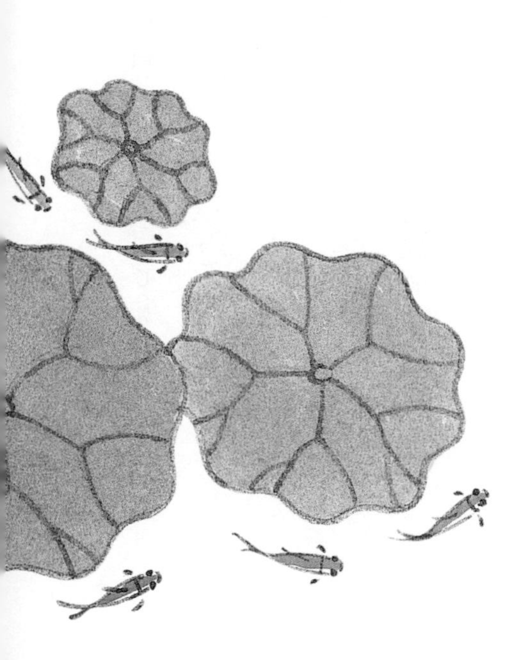

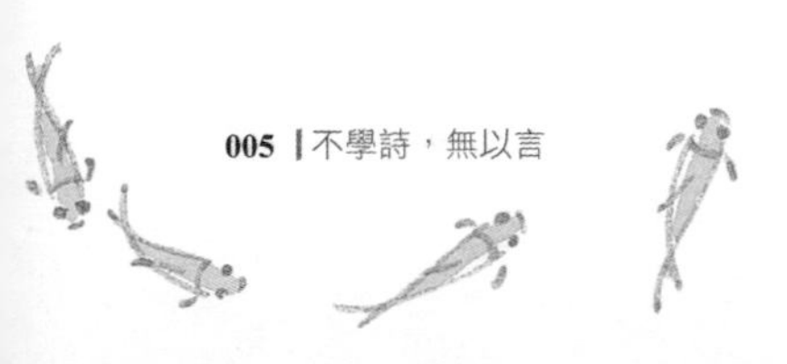

【目錄】

抒情詩篇

景物詩篇

【目錄】

敘事詩篇

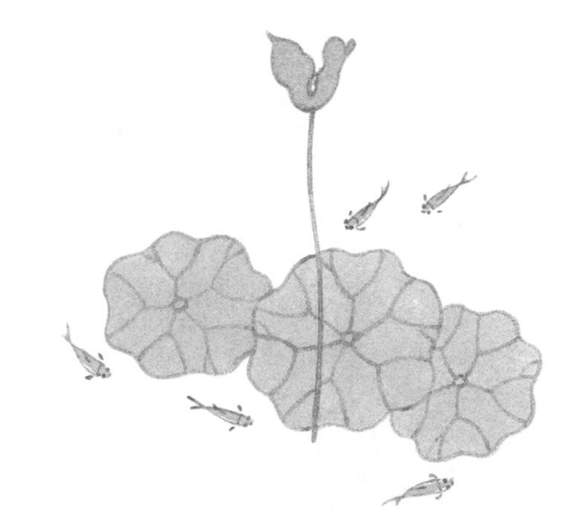

抒情詩篇

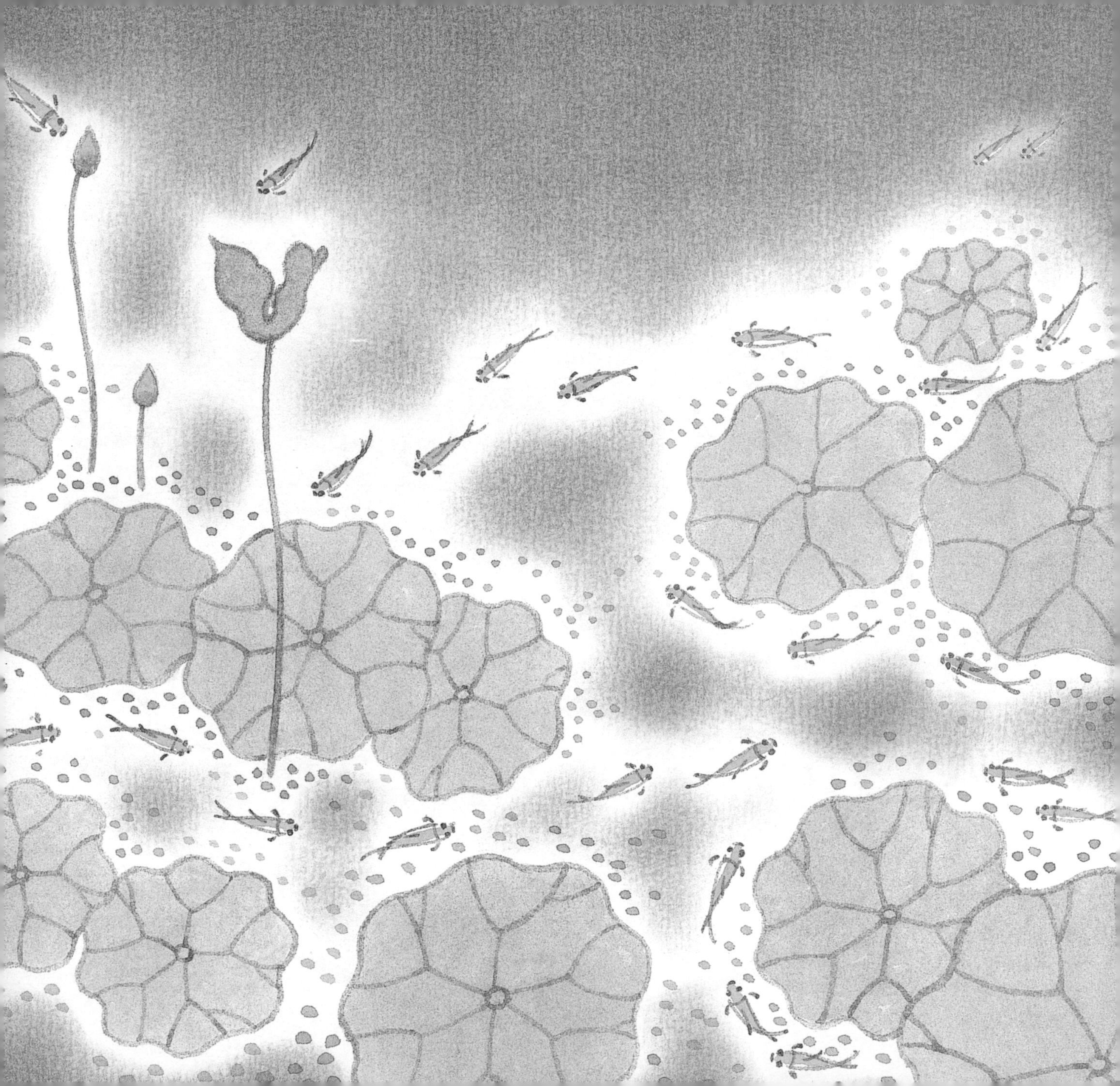

為什麼問**梅花開了沒**就是懷念故鄉？

王維是唐朝人，生於西元六九九年。宋朝大文學家蘇東坡稱讚他是一位「詩中有畫，畫中有詩」的大詩人。他寫了好幾首懷念故鄉人、事、物的詩，例如：〈九月九日憶山東兄弟〉及〈雜詩〉。一直到現在，好多小朋友都背誦過這些詩。

王維的〈雜詩〉共有三首，小朋友最熟悉的大概是第二首：

雜詩

唐．王維

君自故鄉來，
應知故鄉事。
來日綺窗前，
寒梅著花未？

這首詩的大意是說：「你從故鄉來，應該知道故鄉的事情。你來的時候，種在那精美窗子前的梅花，到底開了沒？」

許多小朋友都知道這是一首懷念故鄉的詩。但是，如果有人問：「為什麼問故鄉的梅花開了沒，就是懷念故鄉？」卻沒有幾個人能回答得令人滿意。

久別家鄉，懷念家鄉的時候，最想知道的是家鄉裡的人。因此遇到家鄉來的人，可能會這樣問：

君自故鄉來，
應知故鄉事。
來日我父母，
身體健康否？

或是

君自故鄉來，

應知故鄉事。
來日我女友，
是否已嫁走？

父母、兄弟、朋友都問過了，可能也想知道家鄉發生的事情。因此，也許會這樣問：

君自故鄉來，
應知故鄉事。
來日縣太爺，
今年可是誰？

或是：

君自故鄉來，
應知故鄉事。

來日家鄉人，
是否有事做？

人和事都問過了，才會問到「物」，也就是問「梅花開了沒？」或「稻子成熟沒」等物。

王維寫作這首詩，採用跳脫的省略修辭法，省略了問家鄉的人和事，直接寫下詢問家鄉「梅花開了沒」的「物」，這就表示家鄉的人和事都已問過，現在連「物」的小事也不放過，可見懷念故鄉的深切。

我們欣賞這首詩，如果也能體會王維寫作這首詩的精心設計，那收穫就更多了。

王維離開家鄉很久，看到家鄉來的人，便急著問起家鄉的情形，可見他多麼想念家鄉。問家鄉的近況，最先一定會問家鄉的親友，屬於「人」的問題，然後問家鄉發生的事，最後才會問家鄉的一草一木的「物」。王維寫作這首詩，採用跳脫的省略法，只問起了「梅花開了沒」的「物」，省略了「人」、「事」的記載，全詩不但更具含蓄美，而且也因為特別加強「物」的特寫，讓人更了解王維連家鄉的「物」都關心，可見多麼的懷念故鄉。

金縷衣怎麼寫的？

大部分的老師或家長，勸導孩子把握少年時光去做該做的事，都會提到〈金縷衣〉這首詩。〈金縷衣〉是誰寫的？內容是說什麼？它是怎樣寫出來的？

金縷衣

唐・杜秋娘

勸君莫惜金縷衣，
勸君惜取少年時。
花開堪折直須折，
莫待無花空折枝。

這首詩有的說是杜秋娘作的，有的說是杜秋娘唱的，不知誰作的。現在大部分的人較贊成《唐詩三百首》裡的說法，是杜秋娘作的。

杜秋娘是唐朝人，十五歲嫁給做大官的李錡。後來李錡叛變被殺，秋娘被送入皇宮。由於她很有才藝，皇帝命她當皇子的保母。

詩中的詞義，「金縷衣」指的是用金線織成的華貴衣服，借來代替貴重物品或富貴。「堪」是指「可以」的意思；「直須」是就須、就應當的意思；「莫待」是不要等到；「空」是徒然的。

整首詩的意思是：「奉勸你不必愛惜那珍貴的金縷衣，奉勸你要珍惜年少青春的時光。花兒開得可以摘折的時候就趕快去摘，不要等到花兒謝了只摘到花的枝葉。」全詩的內容，主要是勸告年輕人要愛惜光陰，進德修業，以免「少壯不努力，老大徒傷悲」。

這首詩是怎麼寫出來的呢？寫詩的第一要件是「決定主題」。主題是作品的中心思想，也就是主旨。本詩的作者，以「年輕人要珍惜少年時光」為主題，並直接把這個意思寫在第二句詩裡。這是「主題在前」的直接表現法。有的作者決定了主題後，並沒有直接把主題寫在詩裡，而是隱藏在詩句中，要讀者自己去發覺。這是主題的間接表現法。例如王維的〈雜詩〉，暗藏的主題是「懷念故鄉」。

寫詩的第二件事是「尋找跟主題相關的材料來表達」。找材料要多聯想。聯想的方法有：相似聯想、對比聯想和接近聯想。〈金縷衣〉的作者要表達「少年時光是珍貴的」意思，首先，採用相似聯想，從「珍貴」的詞義，想到珍貴的物品「金縷衣」；接著採用對比聯想，認為金縷衣不如少年時光的寶貴。因為金縷衣破了或失去了，可以用錢再編織一件或買一件；每個人的少年時光只有一次，錯過後，千萬兩黃金也買不回來。

作者找到這個材料說明後，覺得還不夠，於是從反面提出「不珍惜少年時光便後悔莫及」的意思來補充。為了證明這句話是對的，於是她採用相似聯想，以一般人愛花、採花的事來譬喻。當繁花開滿枝頭的時候，這是摘花的好時機；如果錯過了這個時機，等到花謝了再去摘，就只能摘到枝葉了。一個人年少的時候，記憶力好，學習能力強，是求學或學一技之長的最好時機；如果錯過這個時機而放在吃喝玩樂或追逐金錢上，等到年紀大了才想學習，那就來不及了。

寫詩的第三件事是「組織材料並注意文句的妥切」。〈金縷衣〉的作者採用先說理再舉證的結構組織材料，效果很好。詩中採用類疊修辭法，一再反覆「勸君、惜、花、折」的詞語，語意真誠感人；尤其「堪折」、「須折」、「空折」的詞語，層層變化，使全詩前後呼應，並富回環的音響效果；再加上詩中的韻腳字「十、枝」又很和諧，使這首詩富有音樂美。這是一首勵志的好詩。

〈金縷衣〉是藉物抒情的詩。作者要表達青春美好的少年時光應該好好的把握，以貴重物品的「金縷衣」和人人喜愛的「花」來對映和襯托。詩中告訴讀者，華貴的金縷衣破舊了，還可以再織一件，而青春美好的少年時光一旦過去了，再也不再來；這是寶物不如少年時光的對比。又以花開和花謝，比喻少年時間的短暫，告訴人們在年少時要好好把握，發憤圖強，不要錯過良機，一事無成，年紀大了才後悔浪費青春。年少的人讀了這首詩，能不振作嗎？

秋夕中的「臥看牽牛織女星」藏了什麼祕密？

夏天的夜晚，屋裡悶熱得很，農家的人都會到庭院或室外去乘涼。這時候，小孩子除了玩捉迷藏、聽人人講故事外，也會追逐、捕捉飛來飛去的螢火蟲，或是躺在長椅上望著天上的銀河，尋找牽牛星和織女星。如果問他們：「為什麼要看牽牛星和織女星呢？」答案也許是：「要看看牛郎和織女是不是相會了？」

唐朝詩人杜牧（生於西元八〇三年）寫了一首〈秋夕〉詩，敘述一個少女在凝望牽牛和織女星。為什麼這個少女要「臥看牽牛織女星」呢？

秋夕

唐・杜牧

銀燭秋光冷畫屏，

輕羅小扇撲流螢。
天階夜色涼如水，
臥看牽牛織女星。

詩中「銀燭」，指銀製的燭臺上插了蠟燭；「畫屏」，是繪有圖畫的屏風；「輕羅」，指輕柔的絲織品；「撲」，是拍打的意思；「天階」，是露天的臺階；「牽牛織女星」，是銀河左右的兩顆大星，神話裡把它們說成牛郎和織女兩個故事人物的星星。

詩的表面意思是：「一個秋天夜晚，銀燭臺上的蠟燭發出微弱光芒，冷冷的照在美麗的屏風上。一個少女拿著絲織的小扇子，在庭院裡撲打著飛來飛去的螢火蟲。一直到露天的臺階上，夜色已經清涼如水了，少女才回房躺著，但是眼睛仍望著窗外天上的牽牛星和織女星。」

深入探討，這首詩要表達的卻是古時皇宮後院一個失意宮女孤獨、寂寞的哀傷心情。

詩中安排兩個孤寂的場景，和兩個排除孤寂的動作事件。

「銀燭秋光冷畫屏」的詩句裡，銀製的燭臺和雕繪圖畫的屏風，都是宮中貴重的裝飾品，這裡暗藏了第一個場景在後宮內的祕密；詩中用「冷」字貫串，表達了秋夜宮中的淒涼景象。

第二詩句「輕羅小扇撲流螢」，寫宮女拿著羅扇撲打螢火蟲的事，這兒隱藏的是在這淒涼的場景中，宮女待不住了，因此拿著羅扇到庭院，想排除孤單和寂寞。這兒暗示場景移到了宮外的庭院。宮女居住的庭院，居然成為螢火蟲活動的天堂，暗示了君王不來，庭院荒蕪的現象，以及宮女在庭院中無事可做，於是追逐著螢火蟲來排除孤獨、無聊的時光。

扇子是夏天用來搧風取涼的，到了秋天天氣涼爽便擱置不用。宮女拿著扇子到庭院去，象徵自己被君王遺棄，只好一個人到庭院去撲打螢火蟲，排除孤寂。

第三、四詩句「天階夜色涼如水，臥看牽牛織女星」，寫的是宮女久留庭院，一直到深夜，月光灑在宮前的石階上，給人興起清涼如水的寒意後，宮女才不得不回到宮內。回到寢宮，她望著窗外的星空，凝視著銀河兩旁的牽牛星和織女星。

這詩句裡藏著什麼祕密呢？

神話中的牛郎和織女，雖然每年在七夕那天才能見一次面，卻成為宮女羨慕和嚮往的對象。由這個對比事件中，不是暗示出宮女的的孤單、痛苦和想追求幸福的期望嗎？

杜牧這首詩，應用「寓情於景」的表達法，把主題隱藏起來，應用相關的場景和動作事件，表達宮女的孤單、寂寞和期望追求幸福的心聲。每一詩句，都暗藏祕密。這是一首含蓄、委婉的詩，富有藝術美。

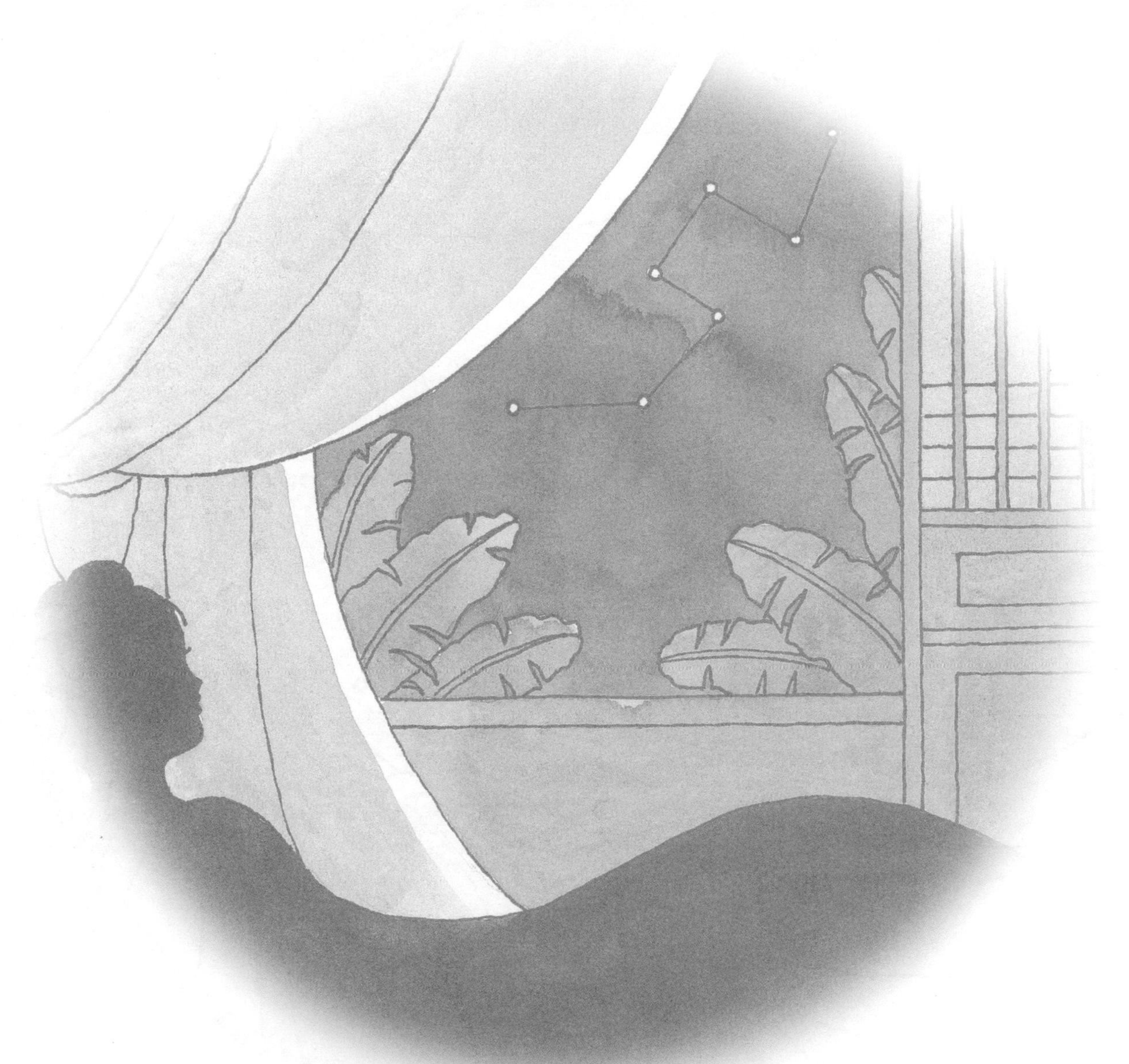

李紳和范仲淹寫的**憫農**、**憫漁**理由是什麼？

「民以食為天」，因此「糧食」是大家最關心的事。跟糧食有關的人中，農夫、漁夫都是關鍵的人物。從古至今，描繪農夫、漁夫生活的詩雖然不少，但是能表現他們心聲的，似乎以唐朝李紳的〈憫農〉詩和宋朝范仲淹的〈江上漁者〉最為有名。這兩首憫農、憫漁詩的理由是什麼？為什麼會這麼有名？

要知道答案，就來讀讀原詩。

憫農

唐．李紳

鋤禾日當午，
汗滴禾下土。
誰知盤中飧，
粒粒皆辛苦？

這首詩裡，「憫」是憂傷痛惜的意思，「憫農」就是憂傷痛惜做農的人。「當午」，就是正午、中午。

李紳生於西元七七二年，還沒考上進士及當宰相前，寫作這首詩，可見他的關心農民。

「鋤禾日當午，汗滴禾下土」，意思是：「在中午烈日當空的時候，農夫還在禾田裡除草，一滴一滴的汗，滴落到禾下的泥土上。」

正午的陽光最熱，一般人都躲到屋裡或樹下休息，但是農夫為了五穀長得好，還得在烈日下工作。除了太陽高照令人受不了的熱氣外，被太陽光炙熱的地面泥土，也散出灼人的熱氣來。農夫在這個地方工作，就像置身在上下火熱的蒸籠中一樣，不停的流著汗。

李紳要表達農人的辛勞，只選擇一幕普遍農人都經歷過的烈日熬煉，以及汗如雨下的情景加以特寫，就喚起了同情的共鳴。至於農人工作的如何腰痠背疼，以及農作物受到旱災、水災的無情摧毀，不必寫，也可以令讀者聯想到農人的辛酸。臺灣俗語的「一粒米，二十四滴汗」，可以呼應這兩句詩。這就是憫農的理由。

如果我們把「鋤禾日當午，汗滴禾下土」當作農人辛苦的證據，後兩句詩「誰知盤中飧，粒粒皆辛苦？」便是承前的結論。作者採用反問來寫，詢問吃飯的人說：「有誰知道我們碗盤中的飯，每一顆都是農人辛苦得來的呢？」這樣的一問，極為有力，目的是要讀者在享受米飯的時候要懂得感謝農人，要愛惜糧食，不要麻木不仁。

描寫漁民艱辛的詩，可以范仲淹的〈江上漁者〉來代表。

范仲淹生於西元九八九年，幼年非常貧苦，了解人民的生活；後來當了宰相，仍然關心民生。他的〈江上漁者〉是這樣的：

江上往來人，
但愛鱸魚美。
君看一葉舟，
出沒風波裡。

這首詩沒有像〈憫農〉詩直接描述漁民怎樣辛苦，而是藉用往來江上的達官貴人們，只愛吃鮮美的鱸魚，沒看到漁民駕著的小船，像一片飄零的落葉，正在洶湧的波浪中，忽浮忽沉，時時有翻覆的危險。

這首詩「由吃魚，想到捕魚人；由魚味鮮美，想到捕漁人的艱辛、危險」。沒有直接描寫漁民的辛苦，卻寫出了漁民的艱辛，跟〈憫農〉詩一樣，要大家在享受美味時，不要忘了漁民的辛勞。

〈憫農〉詩裡的農人，在烈日下冒汗工作；〈江上漁者〉的漁民，在風波下冒險捕魚。這就是作者憫農、憫漁的理由。這個理由是精鍊過的，眾人沒有不同意的；也就是除了寫農人、漁民的心聲外，也表達了一般人的看法。

這兩首詩，文句淺顯，含意深刻，結構自然而嚴謹，實在是不可多得的佳作。而兩首詩都採用上聲（第三聲）的仄聲韻來寫，如〈憫農〉詩裡的午、土、苦；〈江上漁者〉的美、裡等字。這種聲調，有短促、急切的特色，全詩念起來，會令人有悲憤、鬱悶難伸的感覺；聲音跟內容配合，加強了詩的藝術感染力。

白居易**憶江南**的寫作祕密

白居易（生於西元七七二年）在五十一歲起，曾在江南杭州及蘇州當刺史的官，在西湖修築了人人稱頌的白堤。他當了四年，被調回北方的洛陽做官，一直懷念江南。六十七歲的時候，他寫了三首〈憶江南〉的詞，下面這首詞是第一首：

憶江南

唐．白居易

江南好，風景舊曾諳。
日出江花紅勝火，
春來江水綠如藍。
能不憶江南？

詩題是〈憶江南〉。白居易在洛陽追憶蘇州、杭州等江南的地方。江南可以追憶的事或景很多。寫詩、寫詞，由於字數的限制，只能寫重點，無法像散文、小說一樣，寫全面。因此，白居易這首詞，只挑江南的春景來寫。詞的大意是說：

「江南是個美好的地方，那兒的風景，我從前就熟悉了。太陽慢慢升起的時候，紅色的霞光照耀在江邊的鮮花上，使得花比火還要紅豔。春天來的時候，江水碧綠得像藍靛的色彩一樣。這怎麼能教我不思念江南呢？」

寫詩，主要的考慮是主題、取材、結構和語言的處理。「主題」，也就是一首詩的中心思想。對主題的處理，有的詩人採直接表達法，把主題直接寫入詩中；直接表達法還有主題在詩前、主題在詩中、主題在詩後、主題在詩的前後等處理法。有的詩人採用間接表達法，不直接揭示主題，而以景或事來暗示；常見的有寓情於景法、藏意於事法及崇他顯己法等。

白居易在這首詩裡要表達的主題是：「江南的風景好美」，他採用直接表達法，把主題直接揭示在詩前，一開始就說：「江南是個美好的地方，那兒的風景，我從前就熟悉了。」

取材是驗證主題的材料。白居易以長江為中心線，舉了早晨的紅太陽、江邊的紅花和江裡的綠水等春天美景來寫。材料能顯現主題，很精當。

依據邏輯線索，詩的結構有單層結構、雙層結構、多層結構。白居易這首詩，採用雙層結構的「總分法」安排主題和材料。在「總分法」裡，白居易用的是「先總後分再強調」的方法。「江南好，風景舊曾諳」是總說；「日出江花紅勝火，春來江水綠如藍」是分說江南如何好；「能不憶江南」是強調。

語言包含很多，有音樂的語言、意象的語言。意象語言又有描敘性意象、虛擬性意象等。在音樂語言上，白居易這首詩的韻腳字是「諳、藍、南」，屬於「ㄢ」的平聲韻，念起來令人有平穩、舒適、恬靜的感覺。在意象語言上，他採用虛擬性的譬喻式，說江花「紅勝火」，說春水「綠如藍」，意象鮮明。

另外，白居易善於使用映襯修辭法中的正襯和反襯來表達。詩的分說部分，在正襯方面是以早晨太陽的紅光襯托江邊的紅花，使紅花紅的勝過火，這是同顏色的正襯；江水的綠，用藍靛來比，使綠色像藍色一樣，這也是同顏色的正襯。這種同色相烘染的敘述，提高了色彩的明亮度。至於「日出江花紅勝火，春來江水綠如藍」這兩句，紅色和綠色對比，這是異色的反襯，可使紅的更紅，綠的更綠。表達了江南風光的美景。

詩的小祕密

白居易的〈憶江南〉詞，主題在詞中明白表現出來，屬於直接表達法；材料跟主題密切配合；結構採用「先總後分再強調」的方式；語言富有音樂性和意象美。

這首短短的一首詞，富有藝術美。後來的詞人也有仿他的作法寫詞。例如唐朝末年韋莊（約生於西元八三六年）的〈菩薩蠻〉：

人人盡說江南好，遊人只合江南老。
春水碧於天，畫船聽雨眠。

爐邊人似月，皓腕凝霜雪。
未老莫還鄉，還鄉須斷腸。

韋莊的「人人盡說江南好，遊人只合江南老」是總說的部分；「春水碧於天，畫船聽雨眠。爐邊人似月，皓腕凝霜雪」是驗證的分說部分。這部分寫了江南春水好藍的視覺美；坐在雕畫的船上欣賞雨聲而入睡的聽覺美；在爐邊賣酒的女郎，舀酒時捲起衣袖露出白得像霜像雪的手腕的美女美。「未老莫還鄉，還鄉須斷腸」是強調的部分。韋莊是北方人，他到了南方看到江南的美，說出還沒老的時候，不要回到北方的家鄉，不然會後悔得腸腸寸斷的感想，深入的表現了江南的好。

杜甫的**春望**在期望什麼？

杜甫是唐朝人，生於西元七一二年，有「詩聖」的尊稱。他三十五歲時到了京城長安，正逢「安史之亂」的醞釀期，看到了朝廷的昏暗情形。西元七五五年十一月，安祿山叛變，第二年六月，進攻長安，唐玄宗皇帝逃去四川。太子在甘肅靈武即位，就是肅宗皇帝。杜甫投奔肅宗，不幸半路被叛軍俘虜，押送長安城。

西元七五七年三月，淪陷長安的杜甫，看了周遭景物後寫了〈春望〉這首詩：

春望

唐．杜甫

國破山河在，城春草木深。
感時花濺淚，恨別鳥驚心。
烽火連三月，家書抵萬金。

白頭搔更短，渾欲不勝簪。

讀過這首詩的讀者，大概都知道杜甫在春天裡看到山、河、草、木、花、鳥的景物。至於這首詩要表達什麼意思，恐怕不是每個讀者都知道的。這首詩應用婉曲修辭法，寫出了「憂國思家」的心聲。

詩的第一句「國破山河在」，表面意思是「國家遭戰火破壞，然而山、河還存在」；深層意思是婉轉的表示，國家在戰火中除了破壞不了的山河還在以外（唐朝時打仗，靠刀槍箭，不像現在有大砲、原子彈，可以把山打平、讓河流改變），其他可以毀壞的東西都毀壞了。這句話婉轉的寫出國破的慘狀，比寫「國破乞丐在」還悽慘。

第二句「城春草木深」，表面意思是「長安城到了春天，草木長得又高又茂盛」。深層意思乃是寫戰亂中，長安城的人，逃難的逃難，被殺的被殺。路上沒人走路，草長出來了；路旁的樹沒人整理，枝椏繁茂。這句詩句，把城裡到處荒蕪的景象寫出來了。

第三句「感時花濺淚」，表面意思是「我感傷時事，連看到花兒都會掉眼淚」；深層意思是說現在是戰亂，人們已經沒閒情看花了；即使看到花，反而懷念以前太平時期而更悲傷。看花可以使人心情愉悅，現在卻令人悲傷，這是應用映襯修辭法中，以性質相對的客體，襯托本體事物的「反襯」修辭法，使悲傷更深。

第四句「恨別鳥驚心」，表面意思是「想到跟家人拆散的遺憾，連看到鳥兒都會嚇得膽戰心驚」。深層意思是想到兩軍作戰，棲息在樹上的鳥兒都被驚擾得四處亂飛；現在我看到鳥兒飛起，又以為拆散家人的戰事又來了而驚嚇。

第五句「烽火連三月」，表面意思是「戰爭已經連續到今年春天的三月份了」；深層意思是戰爭好久，戰火到現在還不停。

第六句「家書抵萬金」，表面意思是「能收到一封家書，值得上萬兩黃金」；深層意思是急切的掛念家人的安危。

第七、第八句的「白頭搔更短，渾欲不勝簪」，表面意思是「我頭上的白髮越抓越少，幾乎要插不住簪子了」；深層意思是我煩惱的頭髮變白，變少了，快沒辦法插上簪子了。杜甫當時是四十五歲左右的中年人，不該老到這樣的地步，詩句中含蓄的寫出煩惱的過度。

杜甫的〈春望〉，前四句從「望」字寫起；先寫望到遠景的山河，接著寫近景的城景，然後停在眼前的花、鳥。後四句詩人由舉頭望景，寫到低頭念親。一邊望，一邊抒發國破家亡，離亂傷痛外，也嘆息自己的衰老。

全詩採用婉曲、映襯、對偶的修辭法表現許多憂國思家的具體事件。他除了反映當時的社會情形以外，也期望戰亂趕快過去，國家太平，人民可以幸福的過生活。

陳子昂在**登幽州臺歌**要表達什麼？

登幽州臺歌

唐．陳子昂

前不見古人，
後不見來者；
念天地之悠悠，
獨愴然而涕下。

陳子昂是唐朝人，生於西元六六一年。他是一位傑出的詩人，對軍事、政治，都有很好的見解。

西元六九六年，他隨大將軍武攸宜北伐契丹，擔任參謀。大將軍本身沒才幹，又不採納參謀意見，因此打了敗仗。陳子昂再提出建議，不但不被採納，反而被降職。陳子昂接連受到挫折，心情鬱悶，登上幽州臺（在今北京市），吟出了這首詩。這首詩表達了許多人懷才不遇，有志難伸的心聲，雖然採用直接抒情，但是語言精鍊、富有節奏美，語意含蓄、富有張力，因此很受後人的喜愛。

這首詩的第一句「前不見古人」，表面意思是說「我登上樓往前看，沒看到古代的人。」其實這句話還另有深意，他要說的是「我登上樓往前看，現在已經看不到像古代能重用樂毅將軍而大敗齊國的燕昭王了。」

「古人」表面字意是「古代的人」，陳子昂要表達的是「能禮賢下士的古代君主」。幽州這個地方，戰國的時候屬於燕國，燕昭王重用樂毅將軍，把齊國打得只剩即墨和莒城。陳子昂寫的這句詩，暗示自己有樂毅將軍的才華，卻得不到君王或主帥的重用。

第二句「後不見來者」，表面意思是說「往後看，也沒看到跟來的人。」其實這句話也另有深意，他要說的是「我也來不及看到後來的賢明君主。」陳子昂這句詩，暗示從古到未來，時間雖然很長久，但是一個人的生命有限，即使後世有賢君，自己也遇不到了。

第三句「念天地之悠悠」，悠悠指空曠、長遠。表面意思是「想到天地是那麼蒼茫、廣闊」；深入的意思是「天地這麼寬廣，應該可以讓有才幹的人充分發揮吧？」

第四句「獨愴然而涕下」。「涕」指的是眼淚，不是鼻涕。整句意思是「為什麼只有我悲傷得掉下眼淚呢？」這句話寫了三層的傷心。第一層是掉眼淚，表達傷心的情緒；第二層是獨自掉眼淚，表示孤單、寂寞、沒有人安慰；第三層是「愴然」的掉眼淚，也就是痛到心肺的掉眼淚。寫出了自己的才幹不容於天地的苦悶和哀痛。

陳子昂這首詩，採用模糊化的語言表達，並沒有直接說是在抒發「懷才不遇」的情緒，但是讀者可以從他的背景、身世，以及詩中以時間的長遠、空間的廣闊，襯出獨

自悲傷流淚的情形，了解他要表達的是，千百年來所有懷才不遇、有志難伸的人共同心聲。

另外，這首詩的節奏跟詩情也有關係。第一、第二句，各五個字，拉長朗誦的時候，是三個意頓，節奏比較急促，表達了懷才不遇、憤忿不平的心聲；三、四句各六個字，加了虛字「之」、「而」，成為四個停頓，朗誦的時候節奏比較舒緩，表現了無可奈何、曼聲長嘆的情景，使詩意更深入。

陶潛飲酒詩裡的祕密

陶潛（陶淵明）是晉朝人，生於西元三六五年，為當時有名的詩人。他曾做官，後來覺得當時的官場風氣不好，於是辭官，隱居鄉間耕作。他的詩自然而有韻味，跟當時華麗的詩風不同。

在歸隱的耕作期間，他愛喝酒、愛寫詩。他寫的一組〈飲酒〉詩，有二十首，其中第五首最有名，千年來被稱讚不絕。

飲酒

晉・陶潛

結廬在人境，而無車馬喧。
問君何能爾？心遠地自偏。
採菊東籬下，悠然見南山，
山氣日夕佳，飛鳥相與還。

此中有真意，欲辨已忘言。

「結廬在人境，而無車馬喧。問君何能爾？心遠地自偏。」這四句的表面意思是這樣的：「我雖然住在世間裡，卻沒有感受到車馬來往的喧譁聲。請問你為什麼能這樣呢？因為心既然遠遠的擺脫了車馬的喧譁聲，那麼雖然處於喧鬧的境地，也如同居於偏僻的地方。」

這四句其實藏了這樣的祕密：「車馬喧」指的是跟世俗人密切交往，車來馬去的喧譁聲；也暗指有權位的人，他的門前有許多乘車騎馬的人，上門拜託、巴結的喧譁聲。陶淵明寫「無車馬喧」，便是指作者不是高官，沒有人上門請託，因此門前就清靜了。「心遠地自偏」指的是我對爭名奪利的世界，採取疏遠、排斥的心，住的地方便覺得很僻靜，不受世俗人情的干擾。

接著的四句：「採菊東籬下，悠然見南山，山氣日夕佳，飛鳥相與還。」意思是：「我到東邊的籬笆下採摘菊花，在快樂、自得的時候，看到了南山（指廬山）。南山的山嵐，在傍晚的時候顯得更美，我就跟著天空的飛鳥結伴回家。」

這四句表面意思是寫陶淵明陶醉在自然界的優閒生活，深入探討是說陶淵明不想追逐名利，只希望跟大自然融合一起。詩中的菊花除了可以泡茶以外，還有高節、自然美的意思；籬笆也有鄉村樸素的美；青山、飛鳥也是自然界的美。陶淵明欣賞這些自然物，這是詩人喜愛「自然哲學」的表現。

末二句「此中有真意，欲辨已忘言」，意思是說：「這裡面有人生真正的意義，想要辨別出來，卻忘了該怎樣用語言來表達了。」

這裡面暗示了人跟大自然化為一體，已經領會了此中的真意，不必用語言再去表達。其實人跟大自然合一，屬於個人生命的感受，很難應用邏輯的語言來表達這種微妙的感受。這就像莊子說的夢中不知自己是蝴蝶，或是蝴蝶是自己一樣。

這首飲酒詩，不是寫飲酒的快樂、飲的是什麼酒，而是陶淵明「酒後吐真言」，自道不想在人世間過爭名奪利、逢迎拍馬的官場生活。他嚮往回歸自然，享受花鳥、青山、浮雲等優閒、恬靜的生活，表現了他的高潔思想。

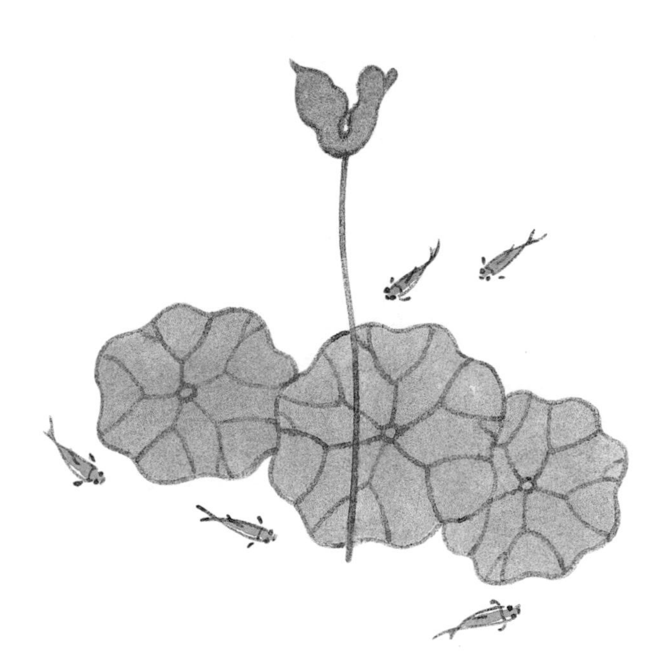

詩經・相鼠
為什麼說人不如鼠？

一般人對老鼠並沒有好印象，除了牠的外表尖嘴尖腮，長相難看以外，還因為牠常常躲在暗處，到處亂咬東西，傳播病菌，做出令人厭惡的行為來。由於人們不喜歡老鼠，所以稱呼壞人的「鼠輩」、驚慌而逃的「鼠竄」、眼光短淺的「鼠目」等詞，都有個「鼠」字。「老鼠過街，人人喊打」的諺語裡，還把老鼠列入痛打的對象。

人們既然那麼不喜歡老鼠，為什麼〈詩經・相鼠〉這首詩還說人不如老鼠呢？

相鼠

周・作者不詳

相鼠有皮，人而無儀。
人而無儀，不死何為？

相鼠有齒，人而無止。
人而無止，不死何俟？
相鼠有體，人而無禮。
人而無禮，胡不遄死？

這首詩較難的詞語：「相」是看、瞧的意思；「儀」是儀容態度；「止」是人的舉止，也就是行為規矩；「俟」是等待；「胡不」是為什麼；「遄死」是趕快死掉。整首詩的意思是：「看看老鼠都有一張保護身體的外皮，而人卻沒有一點做人的容儀。一個人沒有做人的容儀，不去死還想做什麼呢？看看老鼠都還有次序井然的牙齒，而人卻沒有合理的舉止。一個人沒有合理的舉止，不去死還要等什麼？看看老鼠都還有一個完整的肢體，而人卻沒有做人的基本禮儀。一個人沒有做人的基本禮儀，為什麼還不趕快去死？」

詩的主要意思「人是萬物之靈，應該具有人跟人相處的禮儀。如果人跟人相處沒有禮儀，那麼連低賤的老鼠也不如。」

全詩分為三章。第一章從人的儀容外表，第二章從人的舉止動作，第三章從人的整體性來談禮。每一章先採用對比方式比較：敘述老鼠有外表，牙齒懂得次序排列，肢體完整，而人卻沒有做人應具備的禮儀，這種人，不是連老鼠都不如嗎？這是非常嚴厲的諷刺缺乏禮儀的人。其次，採用直接法嚴厲斥責沒有禮法的人，說這些人，不如早點死去較好。

「禮」是做人的基本原則。周公的「制禮作樂」，孔子告訴兒子「不學禮，無以立（不能立足在社會上）」，都強調禮的重要，認為社會上立身行事要合乎禮。一個人不懂得禮，也就是不懂得做人的規矩，那就像國君不像國君，臣子不像臣子，父親不像父親，兒子不像兒子。結果除了害慘了自己，甚至會毀了家庭、社會和國家。

詩經・碩鼠

為什麼痛罵大老鼠？

近三千年前的周朝春秋時期，魏國百姓流傳一首〈碩鼠〉的詩。碩鼠是大老鼠的意思。這兒的大老鼠指誰？詩中為什麼要痛罵大老鼠？

碩鼠

周・作者不詳

碩鼠碩鼠，無食我黍。
三歲貫女，莫我肯顧。
逝將去女，適彼樂土。
樂土樂土，爰得我所。
碩鼠碩鼠，無食我麥。
三歲貫女，莫我肯德。

逝將去女，適彼樂國。
樂國樂國，爰得我直。
碩鼠碩鼠，無食我苗。
三歲貫女，莫我肯勞。
逝將去女，適彼樂郊。
樂郊樂郊，誰之永號？

這首詩較難的詞語：「碩」是大的意思。「三歲貫女」「貫」是侍奉、豢養；「女」同「汝」，是「你」的意思。「莫我肯顧」的「顧」，本意是回頭看，表示關心、回顧。全句意思是一點也不肯體念我們。「逝將去女」的「逝」同「誓」，發誓的意思；「去」，離開。「適彼樂土」的「適」是「往」或「到」；「彼」是指「那個」。「爰得我所」的「爰」是「乃」、「才是」的意思。「莫我肯德」的「德」指「恩惠」。「爰得我直」的「直」，跟「爰得我所」的「所」

同義，即「場所」的意思。「莫我肯勞」的「勞」，指「慰勞」、「犒賞」。「誰之永號」的「永號」，表示長久的號叫、嗟嘆。

全詩的大意是這樣的：「大老鼠啊大老鼠，不要再吃我的黍子。多年來我們豢養你，你卻一點兒也不肯體念我們。我們發誓要離開你，到那個快樂的地方。快樂的地方啊，快樂的地方，那才是我們安身的場所。大老鼠啊大老鼠，不要再吃我的麥子。多年來我們豢養你，你卻一點兒也不給我們恩惠。我們發誓要離開你，到那個快樂的國家。快樂的國家啊，快樂的國家，那才是我們安身的場所。大老鼠啊大老鼠，不要再吃我的麥苗。多年來我們豢養你，你卻一點兒也不慰勞我們。我們發誓要離開你，到那個快樂的郊區。快樂的郊區啊，快樂的郊區，到那兒誰還長吁短嘆、抱怨連連？」

詩裡的表面意思是請大老鼠不要到我家來吃光糧食，讓我們能生存下去；否則我們只好搬家，找一個沒有鼠禍的地方住。

深入的象徵意義卻是表達人民對統治者沉重剝削的控訴與

怨恨。〈毛詩序〉說，這首詩是魏國人民諷刺他們的國君，亂徵重稅、蠶食人民、不修政治、貪而無厭的行為，像大老鼠一樣。

詩人用象徵手法，把「碩鼠」當作剝削者，除了國君外，助紂為虐的貪官汙吏都是；把「樂土」、「樂國」、「樂郊」當作沒被剝削的社會或國家。詩中控訴統治者無窮無盡的剝削人民，不體念人民、不感謝人民、不慰勞人民；人民忍無可忍，要逃亡到一個沒有剝削人民的地方去生活。

這首詩共有三章，三章的結構相似。每章的前四句直截了當的表達對統治者的不滿；後四句表達的是人民忍無可忍的想法，想要逃離這個地方，找個可以安居樂業的地方過活。全詩採用「類疊」修辭法反覆敘述，強調了詩中的思想和感情，收到回環、加強、富有節奏的表達效果。

這兒的大老鼠指的是統治者。詩人寫作這首〈碩鼠〉詩，採用象徵的手法表達。「象徵」是指通過某一特定的具體形象，表現跟他相似或相近的概念、思想和感情。寫作這首詩的詩人要控訴貪婪的國君或官吏等統治者，不但不體恤人民，反而無止境的剝削人民，使人民無法過活的心聲。為了使詩富有藝術美，為了不要引起文字獄，他沒有直接寫出這個意思，而是採用相似聯想的方法，把大老鼠當作統治者；長期的吃農民糧食，統治者無止境的剝削人民。詩中為什麼痛罵大老鼠？就是要控訴統治者的貪婪無厭、不關心人民。

景物詩篇

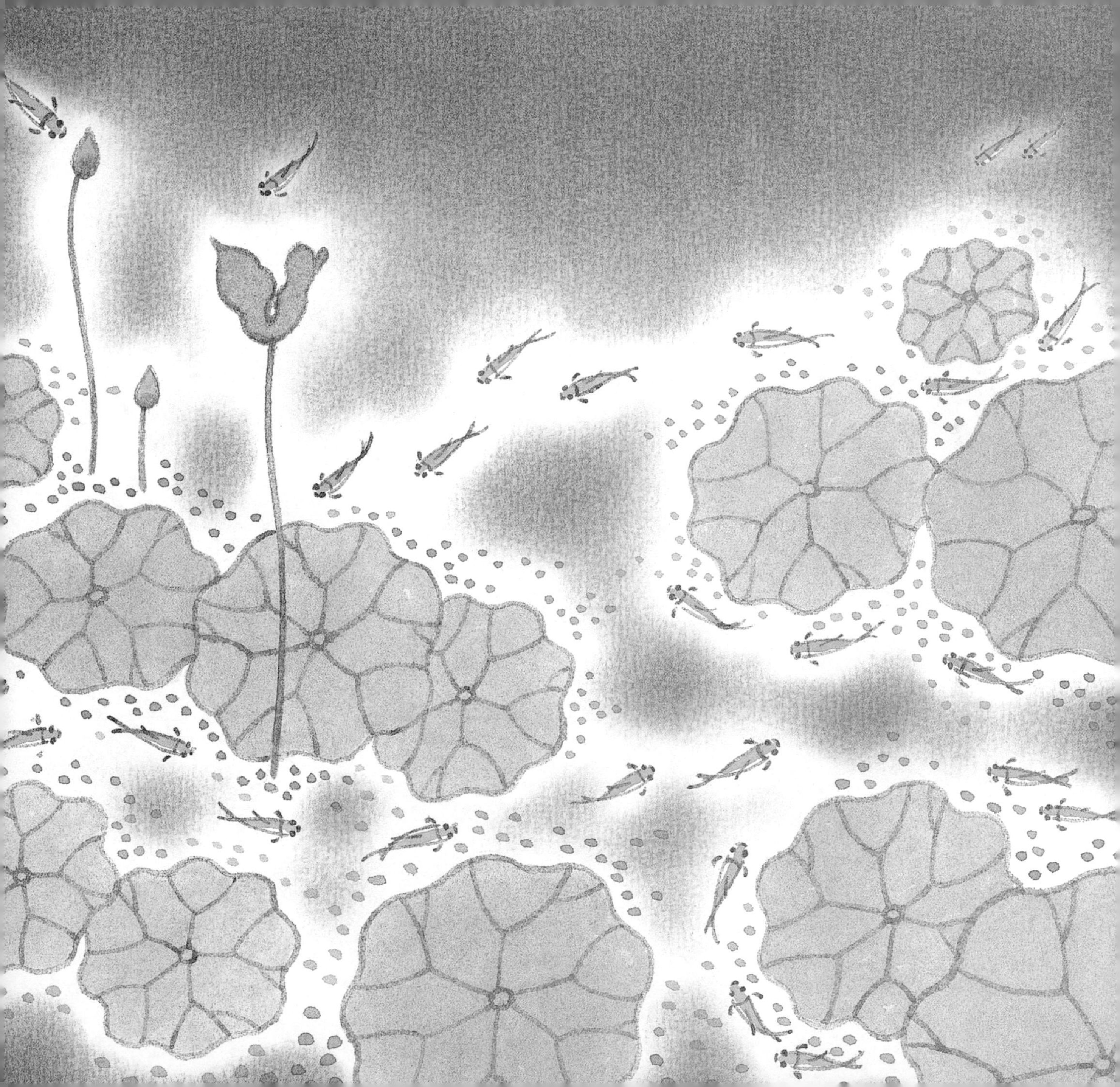

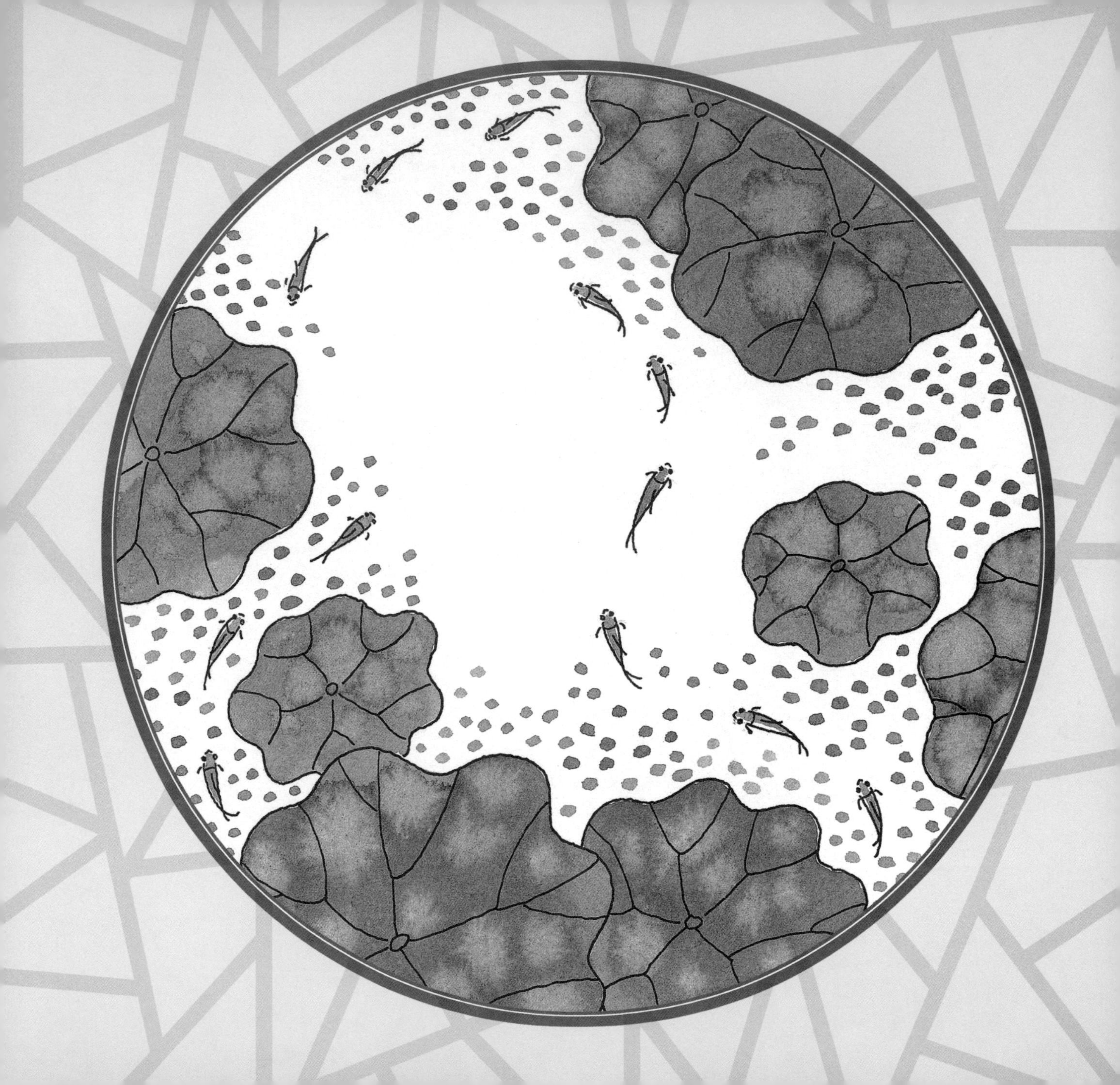

江南可採蓮
藏了什麼祕密？

國立編譯館版的國小高年級國語教材，常常出現〈江南可採蓮〉這一首詩。這一首詩又叫〈江南〉或〈江南曲〉。它選自宋人郭茂倩編的《樂府詩集》裡，相傳這首詩屬於西漢的民歌。這首詩好在哪裡？它的文句藏了什麼祕密？背過這首詩的小朋友不一定都知道。

江南

漢・作者不詳

江南可採蓮，
蓮葉何田田。
魚戲蓮葉間：
魚戲蓮葉東，

魚戲蓮葉西，
魚戲蓮葉南，
魚戲蓮葉北。

這首詩是以一個採蓮人的角度來寫的詩。這首詩的第一句「江南可採蓮」，寫出了江南人的自豪。不管作者是江南人或來江南遊玩的人，來到江南，看到種滿蓮花的大湖，不禁發出得意、興奮的讚嘆。這兒的「江南」指的是長江以南的地方，包含浙江、江西、湖南等地；有名的南京、杭州、蘇州等地，都屬江南。江南由於江水豐沛，因此漁業、農作物都很發達，是個魚米之鄉的地方。「採蓮」，指的是採蓮蓬。蓮蓬裡有蓮子，蓮子是珍貴的營養品。

第二句「蓮葉何田田」，意思是「水面的蓮葉，長得多麼的茂盛、美麗。」寫出所見的寬廣，也表現了詩人境界的開闊。為什麼「蓮葉茂盛的樣子」不寫成「蓮葉何茂盛」、「蓮葉何翠翠」、「蓮葉何綠綠」，而要寫成「蓮葉何田田」？直接寫「蓮葉何茂盛」，是抽象語，像喊口號，太直、不美；寫「蓮葉何翠翠」、「蓮葉何綠綠」，以色彩來鋪寫，雖然較好，但是不如用「田田」。由荷葉的外形和葉脈，詩人把荷葉看成一個「田」字。每一張蓮葉就是一個田字，蓮葉和蓮葉相接，就成「田田」。「田田」就是集合了好多蓮葉的形象字，屬於修辭學意象字中的「疊字」，有增強的意義；這是具有意義和形象的語言，更能表現蓮葉茂盛的意思。

第一句的「江南可採蓮」，寫出江南的地方可以採蓮蓬、挖蓮子，照說第二句應該寫的是「採了一籮筐」的句子，但是作者不寫採蓮的成果，卻跳到「蓮葉何田田」，寫蓮葉的靜態美。蓮葉又多又美，這暗示什麼呢？這是表示詩人為了生活不得不提採蓮外，更重視精神的心靈美，一邊工作，一邊欣賞美景，表現出快樂的情意，因此，這首詩的意境就更高了。

靜態美寫完後，作者特寫了魚兒嬉戲的動態美。這首詩從「魚戲蓮葉間」起的後五句，特寫採蓮人看魚的情形。第三句「魚戲蓮葉間」的句子，是後四句的總綱，總寫一群一群的魚在蓮葉間嬉戲；後四句是分寫魚如何嬉戲的具體圖像。

這五句中的「戲」字用得很好，除了較富動態感外，也寫出魚主動在蓮葉間找快樂的情景。如果把「戲」改成「游」，寫成「魚游蓮葉間：魚游蓮葉東……」，就令人覺得太靜態，少了快樂的氣氛。

後四句「魚戲蓮葉東，魚戲蓮葉西，魚戲蓮葉南，魚戲蓮葉北」，作者採用鑲嵌修辭法的「嵌」字方式，把東、西、南、北四個方位嵌入各詩句的末尾，除了加強語意外，也使語言富有情趣。另外這四句為內容相關、結構相同、語氣相似的排比句，除了富有節奏美以外，也增強了魚兒忽東忽西、優游嬉戲的快樂情趣。

後五句寫魚的嬉戲，暗藏了很多意思。第一，暗示這兒的水很清澈，可以看到魚的嬉戲；其次，一般人看到魚，就想把魚抓來吃，這兒寫看魚人欣賞魚的嬉戲，表現了看魚人或是採蓮人的境界高，能跟魚同樂。

這一首詩，除了上面提到各個詩句暗藏的祕密外，這首詩是不是不押韻呢？

〈江南可採蓮〉屬於「古詩」體的一種，乃是依照古人寫詩的方式，只要用韻，不講平仄。（一般五言絕句、七言絕句等詩，都有固定押韻的地方，也講平仄。例如五言絕句，常在一、二、四句的末尾押相同的韻。）但是〈江南可採蓮〉的一、二、三句的末尾字「蓮、田、間」押ㄧㄢ的相同韻後，後四句的末尾字「東、西、南、北」卻不押韻，看來好像不和諧的樣子。其實這首詩的後四行改換別的押韻法。後四行的開頭字「魚」，順延第三行的開頭字「魚」的韻，這是屬於押頭韻；而後四行的第三字「蓮」，也順延第三行的「蓮」字韻，這是押腹韻。可以說，這首詩還是押了韻，它是很自然的押了尾韻、頭韻和腹韻。

蘇軾的**不識廬山真面目**藏了什麼祕密？

「不識廬山真面目」這句，已經成為成語，常被人們引用。這句話從哪裡來呢？它的本意要說什麼？要知道答案，先來讀讀蘇軾的〈題西林壁〉詩。

題西林壁

宋．蘇軾

橫看成嶺側成峰，
遠近高低各不同。
不識廬山真面目，
只緣身在此山中。

廬山在江西省九江縣南，為一千五百公尺高的山，為有名的避暑勝地。「西山」是廬山上的一座佛寺，又叫「乾明寺」。「題」是書寫。在黃州做官的宋朝蘇軾（蘇東坡），於西元一〇八四年離開黃州要到汝州（河南省臨汝縣），中途經過廬山而作，並題詩在西林寺的壁上。

這首詩的大概意思是：「從正面看著橫臥的廬山，像連綿起伏的山嶺；從側面看廬山，那是峻拔險要、高聳入雲的山峰。從遠的地方、近的地方，高的地方、低的地方看廬山，面貌都不一樣。不曉得廬山的真正樣子，只因為自己置身在廬山裡。」

由詩中可知，蘇東坡的觀賞廬山比一般人仔細多了。一般人觀賞廬山，大概草草登山，左看看右看看，只會說：「好高、好美。」蘇東坡先從正面看，覺得廬山寬得像連綿的山嶺；再從側面看，感覺廬山奇峰壁立，氣勢挺拔。然後遠看、近看、俯瞰、仰看，景色又都不同。蘇東坡這樣多角度的觀賞廬山，應該是非常了解廬山的千姿百態了，但是這還是局部的了解，沒有辦法領悟廬山的全部。例如從時間來說，早晨、中午、晚上，或是春、夏、秋、冬的廬山景色，一定不一樣；從空間的角度來說，左側、右側，山腳、山腰、山頂，也不會一樣。

後面「不識廬山真面目，只緣身在此山中」的詩句，是承繼一、二句「橫看成嶺側成峰，遠近高低各不同」的感觸。前面提到，不管從什麼時間、什麼地方看廬山，都可能是局部而已，但是能這樣遠看、近看、仰看、俯瞰的多面觀看，當然較能了解廬山的真面目；一個人如果只停留在廬山裡看，就如蘇東坡說的「不識廬山真面目」了。

在廬山裡看廬山，由於視野不夠寬廣，常常只看到局部，不能了解全部，因此蘇東坡的意思是除了在山裡面看以外，還要離開山，從遠處看。這個詩句，也富有哲理。

這首詩表面是看山的詠物詩，其實也是說理的哲學詩。蘇東坡認為「不識廬山真面目，只緣身在此山中」，意思是要認識廬山真面目，不可以只留在山裡看；應跳出來，從各個角度去看。這句話表面是告訴人怎樣看山，其實這是多義性、有哲理的一句話。所謂「當局者迷」，我們看人、看事物，不要只看一面，也要多從各方面去看；如果能跳出當事者的局限，從各個角度去看，那就更周全了。

楓橋夜泊好在哪裡？

唐朝詩人張繼的〈楓橋夜泊〉詩，千年來受到中外人士的熱烈喜愛。後人除了一再吟誦這首詩外，音樂家還為它譜曲，書畫家常以它為字畫內容。詩中提到的寒山寺，更成為中外遊客熱門的旅遊景點。這首詩為什麼這樣令後人著迷呢？

楓橋夜泊

唐・張繼

月落烏啼霜滿天，
江楓漁火對愁眠。
姑蘇城外寒山寺，
夜半鐘聲到客船。

張繼是湖北襄陽人，唐玄宗天寶十四年安祿山叛變後，他避亂到江南。有一次，船停泊在江蘇吳縣楓橋的地方，也就是風景秀麗的蘇州地區，由於漂泊在外，而且國家多難，再加上秋天蕭瑟令人憂愁的季節，張繼因此整夜睡不著，觸景生情下，寫下了這首詩。

詩中的「姑蘇」指的是蘇州，「寒山寺」是楓橋附近的寺廟。

全詩的大意是：「月亮西沉了，烏鴉啼叫著，天空瀰漫著冰冷的霜氣。江邊的楓樹，漁船的燈火，正映對著憂愁而不能入睡的旅客。蘇州城外的寒山寺，半夜裡敲起的鐘聲，一聲聲傳到客船來，更激起遊子的無限心思。」

一首詩能感動人，大部分是內容豐富，情感真摯，表達富有藝術美。〈楓橋夜泊〉就有這些特點。

這首詩，作者要抒發的是遊子憂國憂民以及思鄉的愁情。作者寫這個主題，不像是寫論說文一樣的直接寫出，而是採用藝術性的委婉表達法來寫。他選了跟主題相關的不快樂題材來正面襯托：例如月落、烏啼、霜滿天、江楓、漁火、愁眠等六個具體形象來暗示。由這六個題材勾勒出的淒美畫面，表達出作者的愁情來。這種「情景交融」的表達法，除了富有形象美、情趣美外，題材跟主題結合得「天衣無縫」，也富有統一美。

詩中富有音響的「鐘聲」，象徵佛門的呼喚、點醒，要大家心境安寧、增長智慧、離苦得樂。由鐘聲到客船的象徵義來看，這兒有積極的暗示，內容非常豐富，富有禪趣美。

另外，這首詩先寫秋夜遠處的殘月、霜天和烏鴉的啼叫，然後寫近處的楓樹、漁火和船客。題材的安排由遠而近，富有秩序美。

殘月和霜天的色彩是白色，屬於美學的「冷色」；楓樹和漁火的色彩是紅色，屬於「暖色」。作者把它們融和一起，使得楓橋的秋夜更美，富有和諧的藝術美。

在材料的安排上，前兩句排列了六個跟主題相關的淒美景物，使憂愁濃得化不開來；後兩句卻只舉出一個鐘聲的材料，而這個材料除了襯出遊客的孤寂外，也由於出自佛門，有要船客心境安寧、增長智慧、離苦得樂的啟發。像這樣一多一少，一張一弛的材料安排，富有變化的藝術美。

〈楓橋夜泊〉詩像故宮裡珍藏的「翠玉白菜」國寶一樣，玉質貴重，畫面精美，雕藝高超。它富有詩的情趣美、禪趣美、形象美、統一美、秩序美、音響美、和諧美和變化美。怪不得千年來，大家對它那麼著迷。

為什麼李白不題**黃鶴樓**詩？

相傳詩仙李白有一次到湖北武昌去遊歷，登上黃鶴樓後，想為黃鶴樓題一首詩，但是他看到黃鶴樓牆壁上題了崔顥的〈黃鶴樓〉詩後，自嘆不如的說：「眼前有景道不得，崔顥題詩在上頭」於是擱筆不寫。

崔顥的〈黃鶴樓〉詩為什麼可以讓李白佩服得停筆不寫呢？

黃鶴樓

唐・崔顥

昔人已乘黃鶴去，此地空餘黃鶴樓。

黃鶴一去不復返，白雲千載空悠悠。

晴川歷歷漢陽樹，芳草萋萋鸚鵡洲。

日暮鄉關何處是？煙波江上使人愁。

這首詩前四句的大意是：「從前有位仙人乘著黃鶴離開這裡了，這裡現在只空留一座黃鶴樓。黃鶴飛走後，再也沒有回來過，千年以來只剩下白雲悠悠的飄浮等待。」

這四句詩，由古時一位名叫子安的仙人在這兒乘黃鶴飛走的傳說寫入，詩裡除了交代黃鶴樓有仙人遺跡的特色外，還藉鶴去樓空的景象，含蓄的表達作者求道或求功名不順利的難過心情，為後面的「愁」字，埋下伏筆。

詩的後四句大意是：「在這晴朗的日子裡，可以清楚的看到長江對岸漢陽縣的樹木，也可以看到遠處江中鸚鵡洲的花草。我在樓臺遠望，一直到日落才找尋我的家鄉，但是我的家鄉在哪裡呢？我只看到長江上面瀰漫許多煙霧、水波，使我感到憂愁、難過。」

這四句詩的前半段，寫樓很高，視線廣，可以看到四周的美麗景色而令人忘返。後半段根據美景抒情，由日落找不到家鄉引起的憂愁，含蓄的表達詩人懷才不遇、事業不順，想回鄉又不敢回去，獨自佇立樓臺，無語問青天的苦悶。末尾以「愁」字，總括了全詩的思想。

李白看了崔顥的〈黃鶴樓〉詩，有黃鶴樓的美麗傳說，也有黃鶴樓的壯麗美景，更寫出了那個時代人們登樓常有的「念天地之悠悠，獨愴然而涕下」的念古傷今，對道統、事業擔心的憂愁。因此李白佩服得不得了，於是擱筆不寫黃鶴樓的詩了。

詩的小祕密

後來李白遊南京鳳凰山，寫了〈登金陵鳳凰臺〉詩：

鳳凰臺上鳳凰遊，鳳去臺空江自流。
吳宮花草埋幽徑，晉代衣冠成古丘。
三山半落青天外，二水中分白鷺洲。
總為浮雲能蔽日，長安不見使人愁。

詩的大意是：「鳳凰臺上曾經有鳳凰飛來遊玩，如今鳳凰飛走了，只剩下這座空臺，以及長江的水獨自滾滾的流。三國時東吳建的宮殿，宮殿前的花草都已埋在荒幽的小徑裡；東晉的顯貴們，如今都在荒蕪的墳裡。南京市長江南岸的三座山峰，依然聳立在青天外；白鷺洲橫在長江的中心，把江水分割成兩道水流。太陽總是容易被浮雲遮蔽，看不見長安，不禁使我發愁！」

這首詩寫鳳凰臺的傳說，也寫了臺上所看到的美景，以及由於浮雲遮住白日，看不到都城長安的難過。詩的內容提升到憂國憂民的層次，而形式卻很像崔顥的〈黃鶴樓〉詩。因此，很多人都說李白〈登金陵鳳凰臺〉詩受到〈黃鶴樓〉詩的影響，想跟崔顥一較高下。

為什麼王之渙的**登鸛雀樓**那麼有名？

唐朝的時候，在今山西省永濟縣的地方，有一座三層高的名樓。由於當時有許多鸛雀棲息在樓上，因此命名為「鸛雀樓」。這座高樓面對高聳入雲的中條山，下臨滾滾東流的黃河，想瞻仰壯麗江山美景的人，都愛來這兒登樓觀賞。因此，鸛雀樓便成了著名的遊覽勝地。

來這兒遊覽的詩人，看到這個美景，都情不自禁的要寫詩讚美它。在許多詩作中，王之渙（生於西元六八八年）的詩最有名，不但流傳到現在，而且一般人勉勵他人積極向上，都要引用它。

鸛雀樓

唐・王之渙

白日依山盡，
黃河入海流。

欲窮千里目，
更上一層樓。

這首詩所用的字都很常見，沒什麼艱難的詞義。其中的「依」字是靠的意思；「盡」是完畢，指太陽下山不見了；「欲」是想要，「窮」是盡。詩中部分詩句為了押韻、對仗或是文句有力，採用倒裝的變式句。例如「黃河流入海」寫成「黃河入海流」；「目欲窮千里」寫成「欲窮千里目」。

全詩主要是寫登上鸛雀樓後，看到的美景以及感想。大意是：「燦爛的太陽靠近山脊後，便落下不見了；滾滾的黃河，不停的向著大海奔流而去。假使你想要看到千里遠的景物，就得要再更上一層樓去。」

這首詩的前兩句要寫登高望遠，看到山河壯麗的美景。一般人寫作可能寫成「登樓遠望山勢高，低頭俯瞰黃河長」的句子。這種寫法太直，沒有詩味。較好的，就像唐朝詩人暢當的〈登鸛雀樓〉詩：

登鸛雀樓

唐·暢當

迥臨飛鳥上，
高出世塵間。
天勢圍平野，
河流入斷山。

這首詩前兩句寫樓比鳥飛的高度高，也高出世間的其他建築物。後兩句寫登上樓後，可以看到天際覆蓋著廣大的平原，黃河奔騰的流入山間。這種寫法雖然有景，但是總少了婉曲的抒情美。

王之渙的前兩句詩，要寫樓高和景色壯麗的特色。第一句「白日依山盡」有兩層意思。第一層寫遠望的時候，只看到太陽和山，表示樓高，看不到別的（近處的飛鳥和大樹，由於比樓低很多而看不到，作者捨去不寫）。第二層作者要寫「中條山脈」的高聳美景。他只寫還沒有到黃昏時刻，那燦爛的太陽被中條山一擋住，就得被迫下山。這種言少意多，委婉含蓄的寫法，富有空靈、婉曲的藝術美，充滿令人探究的趣味。

詩的第二句「黃河入海流」，寫的是作者低頭向東俯瞰所見的景色。在空曠的平野中，只見黃河滾滾的奔流，似乎可以看到它一直流向大海裡去。鸛雀樓離大海有千里遠，不可能看到黃河流入海，作者採用誇飾法，把樓高可以望遠，以及黃河水勢的壯麗，生動、具體的寫出來。這種寫法，也充滿令人想像的趣味。

詩的後兩句是寫登樓後的感想。登樓的詩常先寫景，然後抒情。王之渙也用這種寫作方式，但是他的感想，不是傷感的，而是充滿意義的，並且富有藝術美。作者採用事物的象徵手法，順著第一、二句的語意，表面寫想看到千里外更遼闊的景色，還得再登上一層樓；深入探究，卻也暗示讀者：由「立足點愈高，看得愈遠」的現象，啟示人們要有成就，就得不斷提升自我的能力。因此，「欲窮千里目，更上一層樓」的詩句，不但自然的成為登上高樓的精采結尾，也充滿鼓勵後人上進，富有雙關的、藝術性的哲理詩句。

王之渙在這首詩中，不但把登樓看到的雄奇景物，具體、委婉、生動的寫出，而且藉景抒情，委婉、含蓄的告訴大家，「登高才能望遠，望遠必須登高」，暗示讀者，要得到事業、學業、愛情的更高成就，就要奮發向上，不斷的追求和經營。這是情景交融、自然天成的詩，因此成為人人稱讚、個個喜愛的名詩。

張志和的**漁歌子**要表現什麼？

唐朝張志和（生於西元七三〇年），擅長詩詞，也擅長書畫和音樂。曾在唐肅宗時，做過朝廷的翰林大官。後來辭官，常駕駛一艘小船，往來於太湖及浙江苕溪間垂釣，並自稱煙波釣徒。他寫了五首〈漁歌子〉的詞，其中一首描寫春天景物及漁翁生活的最為有名。千年以來，這首詞不但受到我國人的重視，而且也受到外國人的喜愛。西元八二三年，日本的嵯峨天皇還為它和作了五首，成為日本人填詞的起源。過去國立編譯館版的國小國語課本，選過它當語文教材，要兒童熟讀。這首詞那麼有名，它是表現什麼內容？它表達的方式有什麼特色，竟然能引起大家的喜愛？文句中又有什麼弦外之音？

漁歌子

唐・張志和

西塞山前白鷺飛，

桃花流水鱖魚肥。
青箬笠，綠蓑衣，
斜風細雨不須歸。

詞是詩體的一種，跟詩一樣，也是應用精鍊的語言，抒發情感的作品。詞跟曲子常結合一起。雖然有的是先有詞再有曲，但是大部分先有曲，再有詞，也就是根據曲調來填詞。它是為了配合歌唱的曲子，因此詩句長短不齊，不像五言或七言絕句一樣，一律是五個字或七個字。

詞中的「漁歌子」是詞牌名（又名「漁父」），跟這首詞的內容相關。「子」是曲子的省稱，「漁歌子」也就是依「漁歌曲調」來填的詞。「西塞山」在今浙江省吳興縣西邊。「白鷺」指白鷺鷥的鳥。「箬笠」是用箬竹葉編成，可以遮陽擋雨的帽子。「蓑衣」是用蓑草編成的雨衣。「不須」指不必。

民國初年，一位研究詞很有名的學者王國維對詞的語言說：「一切景語都是情語。」這句話啟示我們，看一首詞或詩，雖然看到的是景色如何，但是欣賞者應該探究的是它要表現什麼情意。

張志和這首詞的第一句是「西塞山前白鷺飛」，表面意思是「西塞山的前面，幾隻白鷺鷥在那兒優閒的飛著。」深入探究，這句詞，另有深意。

從色彩來說，山是青綠色的，鷺鷥是白色的。大片的青綠色中，出現幾點白色，顯現了柔美、引人的和諧美。

其次，山是寬廣的、靜態的，有穩重美；鷺鷥是小的、動態的，有靈動美。這兩者並列，有大小對比、動靜對比的變化美。

這個詞句也就告訴讀者，寄身山水的人，在這兒生活，往遠處一看，可以看到美麗的景色，使心靈舒暢。

第二句「桃花流水鱖魚肥」，表面意思是「桃花開了，春水悠悠的流著，江中優游的鱖魚好肥。」深入探究，這個詞句也另有深意。

「桃花」是春天才開放的，因此這兒暗藏了春天的意思。作者表達了在春天的時候，溪的兩岸是一大片開滿粉紅的桃花。這是大場景的美，也具有色彩美和靜態美。

「流水」是流動的水，會帶來有益身體的負離子外，還富有動態美。再由孟子說的「源泉滾滾，不捨晝夜」的話裡，也表達了流水富有朝氣、生機不斷的含意。因此，「流水」富有哲理美的意象。

「鱖魚肥」除了表現溪水是清澈、適合鱖魚生長外，也顯現江南是個魚米之鄉的好地方。溪裡的鱖魚肥肥大大的，表現了江南人民生活環境多麼好。

「桃花流水鱖魚肥」的詞句，告訴讀者，寄身山水的人，在這兒生活，往近處一看，可以看到美麗的景色，也有肥美的鱖魚可以垂釣。

遠處和近處的美景說完後，作者把描繪的重點移到正在欣賞風光的漁翁上。

第三句的「青箬笠，綠蓑衣」，敘述漁翁戴著用竹葉編的青色斗笠，穿著綠色的蓑衣。這是描繪漁翁的打扮。青色的斗笠和綠色的蓑衣，都是應用當地的材料剛製成的，暗示了漁翁融入這個環境裡，喜愛享受美麗風光的生活。

第四句的「斜風細雨不須歸」這兒的「斜風細雨」就是表現江南春天來時的和風細雨。表面寫的是漁翁在這樣的季節裡，一邊欣賞美景，一邊垂釣肥美的鱖魚，於是決心不回家了；深入探究可以了解，作者要過這種閒雲野鶴的舒適生活，不再回到社會去做官了。

這首富有藝術美的詩，表面是寫景，其實卻是抒情。它是屬於「寓情於景」的詩，寫出了作者對生活的期望。

詩的小祕密

張志和藉這首描繪漁夫在山水間欣賞風光、垂釣等優游自在的生活情形，暗示自己喜愛過這種生活，以及不想入世做官的決心。

詞中先寫遠景，再寫近景，最後停在船上垂釣的漁翁身上。全詞的結構安排，由遠而近再停留在點上，有自然的秩序美。詞句的描繪，有景有情，富有畫趣美、情趣美。

詞中很自然的會令人體會會作者喜愛自然、想過閒雲野鶴的生活，啟示人們：投身在大自然的生活裡，也很快樂；並不是每個人都要去過求名、求利的生活。這是這首詞的弦外之音，富有哲理美。

馬致遠的**秋思**是怎麼構思的？

大家都聽過「唐詩宋詞元曲」這句話吧？元曲是盛行於元朝的戲曲藝術。它分為散曲和劇曲。散曲是同音樂結合的長短句歌詞，屬於一種新的詩歌形式；它分為小令和散套。小令是單隻曲子的歌詞；散套是同一宮調兩曲以上。劇曲分為雜劇和傳奇，有科白。

獲得元劇之冠的馬致遠（生於西元一二五〇年），採用「天淨沙」的調子寫了一首小令〈秋思〉。有名的大學者王國維稱讚這首是元人最好的小令。

天淨沙・秋思

元・馬致遠

枯藤老樹昏鴉，
小橋流水人家，
古道西風瘦馬，

夕陽西下，
斷腸人在天涯。

這首逐行押韻，富有音樂美，適合吟唱的小令，用字淺顯，表面意思很清楚。大意是寫：「一個漂泊他鄉的遊人，在趕路回家的時候，看到路旁有枯乾的藤、老朽的樹、黃昏的烏鴉；也看到一座小橋、橋下的流水、橋邊的他人住家。趕路的人眼光回到路上，感受到的是這條路是旅遊人常走的大道、秋天的西北風颯颯的吹來、自己騎的是一匹瘦馬。這時候，天空的太陽快西下了，只有傷心的人在天涯邊踽踽行走。」

詩裡的內容是通過蕭瑟蒼涼的秋景描繪，生動的表達一個遊人飄零他鄉，懷念家鄉的寂寞心情。

這首詩是怎麼寫的？詩句的含意是什麼？他能被稱為元朝最好的小令，藝術特色是什麼？請看下面的分析。

詩人的寫作一首詩，首先要決定主題，也就是詩的中心思想。馬致遠這首小令的主題是同情傷心人在不順利的環境下還得趕路的悲戚。由這個主題，讓人了解出門在外的辛苦，以及讓我們要關心在外的旅人。

有了主題，寫詩的人要找妥切的材料來證明，使主題具象化。馬致遠採用客觀的景象來證明。第一詩句「枯藤老樹昏鴉」，寫的是枯乾的藤、老朽的樹、黃昏啊啊叫令人感到不愉快的烏鴉；這是三個悲涼的景觀。以不快樂的景來襯不快樂的趕路人，屬於悲景襯悲情。這是映襯修辭法中相似性的「正襯」，可以烘托悲情。

第二詩句「小橋流水人家」，寫的是住在當地人的景觀。小橋和流水都是美景，他人的家是溫馨的地方；這都屬於喜景。對趕路人來說，看到美景和溫馨的家，沒空欣賞，不能當歸宿，這不是更令人難過嗎？這句是喜景襯悲情，屬於映襯修辭法中對比性的「反襯」，令人悲上加悲。

第三詩句「古道西風瘦馬」，回到趕路人的處境來敘述。「古道」是他鄉旅遊人來往的大路，旅遊人走在這樣的大路，當然更為想家。「西風」是秋天吹起的風，不是春天溫煦的風。所謂秋風秋雨愁煞人，西風就有令人難過的聯想。「瘦馬」指趕路回家的人，交通工具不理想。如果騎的是壯碩的馬，甚至是千里馬，當然可以很快的趕回家，但是現在的趕路人，騎的卻是沒力氣趕路的瘦弱馬匹。

第四句和第五句「夕陽西下，斷腸人在天涯」。夕陽西下，指的是當時趕路回家的人所處的時間。夕陽西下，就是天黑沒法子趕路。如果是「朝陽東升」，還可以有八小時的趕路時間。因此，這句又增加了趕路人的壓力。「斷腸人在天涯」寫的是趕路人的心情。心情的好壞是會影響走路的速度和情緒。詩中寫難過得腸腸寸斷的人，在天涯行走，可見心情的沉重、舉步的艱辛。如果他是「娶親人在天涯」，那腳步的輕盈，心情的愉悅，自然走起路來就較快。

全詩採用客觀的景象，也就是作者像錄影機一樣，把幾段悲傷的情景，以及當作對比的喜景，鋪寫出來，不直接揭示主題，讓讀者自己體會它的悲情。這是極為高明的藝術手法。

馬致遠的〈秋思〉，表達一個漂泊他鄉的遊人，在秋天時趕路回家的痛苦。寫作一首詩，最主要的是主題、證據和表達技巧。作者不直接揭示主題，只寫證據部分，將跟主題有關的景物一層一層襯托，使悲情達到極點。整首不直接揭示主題，讀者卻可以感受到他的主題。這種「寓情於景」的表達藝術，非常高明，怪不得被讚譽為元朝最好的小令。

冬景藏了蘇軾的什麼祕密？

我們常常可以聽到「文如其人」這句話，意思是一篇文章或一首詩，往往跟作者的個性、為人或遭遇的環境有關。以這個論點來讀宋朝大文豪蘇軾的〈冬景〉詩，我們可以挖掘到蘇軾的為人祕密。

蘇軾就是蘇東坡，西元一〇三七年生於今四川省的眉山縣。〈冬景〉詩是蘇東波寫給他的朋友劉景文的一首慰勉詩，因此，有的版本印的詩題是〈初冬作贈劉景文詩〉。原詩是這樣的：

冬景

宋・蘇軾

荷盡已無擎雨蓋，
菊殘猶有傲霜枝。

一年好景君須記，
最是橙黃橘綠時。

要了解這首詩的大意，我們先來了解詩中較難的詞語。「盡」是完畢；「荷盡」是荷花開完了、凋謝了的意思；「擎」是承受、擋住；「蓋」是古人對傘的稱呼；「擎雨蓋」就是指擋雨的傘，指荷葉的樣子像一把擋雨的傘。蘇東坡在詩中不寫「荷葉」，而改用跟荷葉外形特徵相似的「擎雨蓋」來代替，這是應用修辭法中的「借代」修辭，使語詞變得委婉有趣，而且富有具體的形象美。「菊殘」是指菊花的花瓣掉得快光了。「傲霜枝」是指菊花不怕寒冷，枝條仍傲立在寒霜中。

全詩的大意是說：「在這初冬的時節，荷花謝了，荷葉也不見了；菊花的花瓣掉得快光了，但是它的枝葉還在寒霜中挺立著。你要記住，一年的四季都有美好的景色，特別是在這個橙子變黃、橘子還綠的初冬時節。」

一年的四季景色，一般人提到春季，就會想到美麗的桃花、杜鵑花；提到夏季，就會說起嬌豔的蓮花（荷花）或牡丹；提到秋季，就會想起高雅的菊花或皎潔的月亮；但是提到冬季，很可能想到的是灰灰的天空、枯萎的花草，甚至皚皚的冰雪等淒涼景象。大文豪蘇東坡提到冬季，不但不是這些悲涼的景象，反而是柳橙黃了、橘子綠了，到處是一片美麗、喜悅的氣象。

一般來說，冬天的景色並不美，但是蘇東坡的〈冬景〉詩，把冬天寫得這麼美，這麼溫馨，主要的原因是蘇東坡的達觀、心地美。所謂「境由心生」，因此冬天在蘇東坡的筆下，便呈現出美景來。

一個景物或一件事，常常有正、反兩面。達觀的人往正面看，悲觀的人往反面看。同樣是半瓶酒，悲觀的人看了就說：「糟了，只剩下半瓶酒了！」達觀的人看了會說：「很好，還有半瓶酒。」一個難過，一個快樂，最大的區別在於態度不同。

蘇東坡的人生觀是達觀的，他從悲涼的冬天景象中看到希望，看到美麗，於是他把它寫出來送給好朋友劉景文。委婉的告訴劉景文，事情常有正、反兩面，我們如果多從正面看，拋開苦悶、不如意的事，自然也可以走出康莊大道。

詩的小祕密

我們從這首詩可以了解蘇軾是個心胸開闊、樂觀進取的人。怪不得有一次他跟部屬在路上行走遇到大雨，由於沒有雨傘、雨衣，同行的人被雨淋得狼狽不堪，他不但沒有被雨嚇壞，反而邊走邊吟詩唱歌。後來他記錄這次途中遇雨的事件，寫了一首〈定風波〉詞：「莫聽穿林打葉聲，何妨吟嘯且徐行，竹杖芒鞋輕勝馬，誰怕？一蓑煙雨任平生。料峭春風吹酒醒，微冷，山頭斜照卻相迎。回首向來蕭瑟處，歸去，也無風雨也無晴。」便是他的人生達觀、心胸開闊的表現。

烏衣巷藏了什麼祕密？

唐朝劉禹錫生於西元七七二年。他的〈金陵五題〉是一組很有名的懷古詩，曾得大詩人白居易的讚賞。其中的第二首〈烏衣巷〉，一直是膾炙人口，後代初讀詩歌的人必讀的一首詩。它是這樣的：

烏衣巷

唐・劉禹錫

朱雀橋邊野草花，
烏衣巷口夕陽斜。
舊時王謝堂前燕，
飛入尋常百姓家。

這首詩語言淺顯，景物平常，兒童讀後，不必查字典就可以知道詩的表面意思。它是說：「朱雀橋邊的野草，開滿了花；烏衣巷口的地方，夕陽斜斜的照著。從前在王導、謝安等高官貴族的官邸上築巢的燕子，現在已經改到普通百姓家的屋簷下做巢了。」

欣賞一首詩，要「思考作者的思考，感覺作者的感覺。」劉禹錫寫作這首詩，他要表現什麼思想？他怎樣藉用所見的景象來表達？這是讀詩的人要探究的問題。

我們先看詩的第一句「朱雀橋邊野草花」。朱雀橋是三國東吳和東晉時候金陵城（現在的南京市）城南交通非常發達的地方。這裡以前是車水馬龍、十分熱鬧的，可是現在橋邊卻長滿了野草，而且開了花。「野」字，給景色增添了荒僻的氣象。這句話隱藏了「朱雀橋邊繁榮不在」，來來往往的車子和行人不見了，到處一片荒涼的意思。

第二句「烏衣巷口夕陽斜」。烏衣巷在今南京市東南方秦淮河南岸，三國東吳在這裡駐軍，軍士穿烏衣而得名；東晉宰相王導、謝安等貴族宅第建在這兒。因此，烏衣巷也有繁榮、重要住處的意思。「夕陽斜」表面寫夕陽西下，黯淡無光的景，其實暗示了烏衣巷的繁華不在，已是衰敗的地方。

第一句和第二句，應用對偶方式敘述眼前景象，描寫從前車水馬龍的朱雀橋和鼎盛時期的烏衣巷，現在都衰敗了，有哀傷和強調的意思。

第三、第四句「舊時王謝堂前燕，飛入尋常百姓家」，以候鳥燕子來抒情。

燕子到秋天以後，飛往南方避寒，到了春天或初夏，又飛回原來的住處。劉禹錫藉客觀現象的燕子遷移，採用間接縮小時間和物象的誇飾法，寫出本來在烏衣巷華美宮殿下築巢的燕子，由於華屋不見了，現在只能飛到普通百姓家的屋簷下做巢。暗示富貴難保長久，王導、謝安的子孫，不再受到先人庇護，淪落成一般百姓了。這是通過烏衣巷居民的變化，抒寫古今盛衰的感慨。

全詩表面是寫景物，其實都是抒情；尤其後兩句，把一次燕子的築巢，當作歷史的見證，抒發數百年世事滄桑的變化。這種「寓情於景」的寫法，非常含蓄、有味，也令人震撼。

「朱雀橋」和「烏衣巷」的詞語，都隱藏「消逝的過去繁華」意思；「野草花」和「夕陽斜」的詞語，暗示了現在的荒涼。「燕子飛入尋常百姓家」，隱藏了顯赫家族的沒落，子孫流落民間的淒涼景象。

劉禹錫寫作這首詩，採用映襯修辭法，通過烏衣巷從前和現在的對比，婉曲的表達了王導、謝安等顯赫世族的昌盛和後代的沒落，除了供富貴人家以及朝廷大官員警惕外，也委婉奉告唐朝皇室，不要重蹈魏晉南北朝滅亡的覆轍。

鄭燮竹石的祕密

自古以來，喜歡竹子的詩人很多。例如宋朝大文豪蘇東坡就曾說：「寧可食無肉，不可居無竹；無肉令人瘦，無竹令人俗。」竹子是中空有節的植物。在人們的心裡，中空，表示虛心，象徵謙虛不自滿；有節，指的是竹子枝幹的節，由「節」的音，象徵有節操。因此，蘇東坡認為沒有竹子，就會變成俗人。

清朝詩人鄭燮（生於西元一六九三年），也就是詩、畫、書都很有名的鄭板橋，也喜愛竹子。他種竹子，賞竹子，畫竹子，寫竹子詩。他的竹子詩很受後人喜愛。二〇一〇年臺北國際花卉博覽會選了他最得意的〈竹石〉及「一節復一節，千枝攢萬葉。我自不開花，免撩蜂與蝶」等其他兩首竹子詩，貼在竹園旁的牆上供遊客欣賞。

〈竹石〉詩的內容寫什麼呢？它有什麼祕密？

竹石

清・鄭燮

咬定青山不放鬆，
立根原在破岩中。
千磨萬擊還堅勁，
任爾東西南北風。

了解一首詩的內容，常常用到三個層次，就是表面意思、深入意思、象徵意思。

這首詩的表面意思是說：「長在石頭上的竹子，緊緊的咬住青山裡的土石，一點都不鬆懈；原來它的扎根處，就在破損的岩石裡。不管你吹的是東風、西風、南風或北風，歷經這些千萬次的磨鍊和打擊，他還是堅忍有勁。」

在深入與象徵層次的意思中，我們合在一起來看。

從深入意思來看，在第一、第二詩句裡，鄭板橋為了引人注意以及使詩句有力，採用倒裝寫法，把原為「立根原在破岩中，咬定青山不放鬆」，改為「咬定青山不放鬆，立根原在破岩中」。

這兩句的意思是說「這株竹子的立腳處，原本就在破裂的岩石裡；他不怕生存環境的惡劣，緊緊的咬住這青山的土石，一點都不鬆懈。」鄭板橋採用擬人手法把竹子當人，竹根當牙齒，在惡劣的環境下仍不氣餒，咬住山石不放。這兒寫竹根的賣力和堅韌，以及努力的扎根基地；歌頌了竹子的堅定志氣，並埋下伏筆，預告能接受下二句風雨雪霜的考驗。

在象徵的意思上，好的詠物詩雖然寫的是物，其實是寫人。這兩句是鄭板橋利用石頭上竹子的堅毅特性來象徵君子或自己的為人。「咬定青山不放鬆，立根原在破岩中」，象徵一個本來就處在貧寒、惡劣環境裡的君子，他認清了環境，不但不抱怨、不傷感，反而磨鍊出自己的剛強意志，把握機會的努力活下去。鄭板橋三歲失去母親，家庭清貧，但不消極，發憤讀書，終於考上進士。這個詩句，也象徵鄭板橋在困苦的環境中，不屈服於現實的奮鬥精神。

第三、第四詩句「千磨萬擊還堅勁，任爾東西南北風」，「爾」是「你」的意思。這兩句的深層意思是歌頌竹子非常堅忍，有堅毅的品格。不管你吹的是東風、西風、南風、北風，下的是冰雹霜雪，千萬次的磨鍊和打擊，他還是堅韌的屹立著。

從象徵層次來說，這兩句是象徵君子不怕做事不順的磨鍊，不怕外來無理的打擊，都能堅強有勁的保持高貴的情操；其實這也是鄭板橋的自述為人。鄭板橋二十三歲娶妻，三十多歲妻子去世。他獨自養家，照顧孩子。後來做了縣令，但他愛民，為官清廉不愛錢，也沒什麼積蓄。做官期間，有一次遇到荒年，百姓沒飯吃。他等不及上級的批准，就打開糧倉救助災民，結果被免職，回到揚州，靠賣畫、寫字為生。雖然在人生上他遇到很多挫折，可是仍然保持正直、有氣節的處世態度生活。

這首詩表面是寫物，其實是寫人。它是深刻的思想和高超藝術相結合的作品，值得我們再三的吟誦和玩味。

欣賞一首詩，在明白詩的表面意思外，還要「思考作者的思考，感覺作者的感覺」，才能獲得真正的詩意。這首詩雖然歌頌生長在石頭上的竹子，堅韌、有骨氣，不怕外來磨鍊和打擊的行為；其實也是表現作者像竹石一樣，出身在不好的環境裡，但不屈服外境，無怨無悔、奮鬥向上的高尚節操。

西方談象徵主義寫詩很熱絡的時候，我國早就用在寫詩上。除了這首〈竹石〉詩，以及下一首于謙的〈石灰吟〉外，三千年前《詩經・碩鼠》詩篇，就用到象徵手法寫詩。

于謙石灰吟的祕密

于謙是明朝人，生於西元一三九八年。他是一位政治家、軍事家，也是一位文學家。他的〈石灰吟〉這首詩，不但歌頌了石灰，也表現了君子應有的高貴節操。因此，一直到現在，這首詩常被選入國小國語教材裡。

石灰吟

明・于謙

千錘萬鑿出深山，
烈火焚燒若等閒。
粉骨碎身渾不怕，
要留青白在人間。

可以傳流後世的文學作品，雖然大部分都是成人寫的，但是文學作品以感性為主，沒有男女、年齡的限制。有些文學天分高的孩子，也可以寫出傳世的優秀作品。相傳這首詠物詩是于謙十二歲（有的說是十六歲）時作的。詩是以精鍊、有味的語言，抒發情感的文學作品，〈石灰吟〉表面是寫物，其實是寫人。

這首詠物詩的大意是這樣的：「可以當石灰原料的山石，經過鐵錘、鑿子，千萬次的錘打和挖掘，終於出了深山，到了石灰窯。山石在石灰窯裡經過烈火的焚燒，卻像平時一樣，一點都不在乎。它被燒得裂開了，粉身碎骨，也全然不怕，為的是要在人間留下青白色的石灰。」

這首詩的字面意思是描述石灰的開採和製作過程，其實正如前面說的，「所有的寫物，都是寫人」，于謙的寫石灰，目的是抒發自己的心意。「青白」是個雙關詞，一個是表示石灰的「青白」色，一個是表示人的「清白」名聲。他借山石經過千錘萬鑿的挖掘，烈火的鍛鍊，卻都不怕，只為了變成青白的石灰一事，告訴讀者：要成為有用的人，或成就大事業的人，難免要面臨痛苦的考驗；有志氣的人要勇敢的接受考驗，即使粉身碎骨，送掉生命，也不怕。這樣才能在人間留下清白的名聲。

于謙於明成祖時，以二十三歲的青年才俊之士考上進士。曾任山西、河南、江西等地的巡撫（像現今的省長），做官清正愛民。明英宗時蒙古族瓦剌部落進犯，在土木堡虜走英宗皇帝。這時群臣人心惶惶，拿不出辦法，有的甚至抱著逃跑主義，建議遷都。在這國家沒有元首號召大家抵抗外患，人民面臨生死關頭的時候，于謙挺身而出，跟幾位大臣擁立景宗為帝，並親自招募兵將，跟進犯的瓦剌軍隊艱苦的作戰，終於擊退敵軍，保全了明朝。八年後，英宗皇帝復位。由於于謙曾擁立景宗為帝，於是被判「謀逆罪」而遭殺害。于謙的努力為國做事，甚至犧牲生命也不怨悔，這是他的「粉骨碎身渾不怕，要留青白在人間」的精神表現。

于謙小時候寫的詩，已表達了他的為人處世的高貴情操。他的忠貞愛國精神，一直到現在還令人敬佩。他死後，被葬在杭州西湖畔，跟岳飛的墳墓相鄰。遊客到杭州西湖旅遊的時候，很多人會到岳飛墳前及于謙墳前祭拜、追悼。由此可見他跟岳飛一樣的受後人尊敬。

這首詩採用「象徵」手法寫作。敘述想當石灰的山石，經過工匠千錘萬鑿的考驗，以及烈火焚燒的痛苦都不害怕，終於成為青白的石灰。詩中表面是歌詠石灰的製造過程及完成後的青白色，其實作者是在讚頌人的崇高精神和品德。要表達的是立志做一個有用的人，要忍受外界的許多痛苦考驗，堅定不移，才有清白的名聲。

這種詠物詩，表面是寫物，其實是寫人。白居易的〈慈烏夜啼〉詩，也是這類的。

敘事詩篇

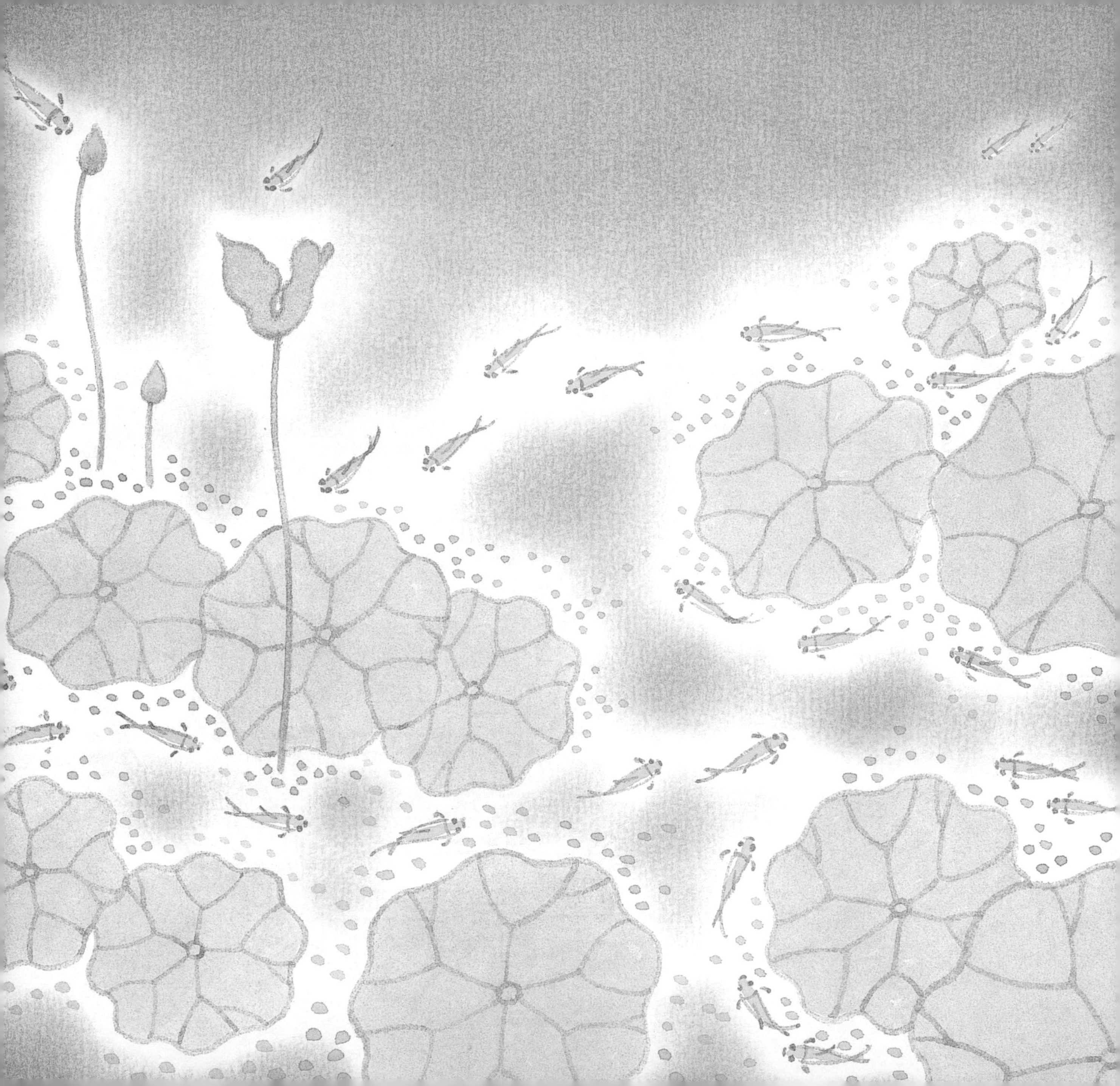

李白怎樣送好朋友遠行？

一般人送朋友遠行，在機場、港口或車站的入口處，跟朋友握手、擁抱、互道保重後，看到朋友上飛機、上船或上車後，便搖搖手離開了。李白（生於西元七〇一年）送朋友遠行，跟一般人相同嗎？如果不是，他是怎麼個送法？

黃鶴樓送孟浩然之廣陵

唐．李白

故人西辭黃鶴樓，
煙花三月下揚州。
孤帆遠影碧空盡，
惟見長江天際流。

這是李白送孟浩然遠行的詩。孟浩然是李白的好朋友，年紀比李白大十三歲。李白曾寫了一首〈贈孟浩然〉詩，稱讚他文采高超，品德高尚。

李白送孟浩然去廣陵的詩，共有四句。第一句「故人西辭黃鶴樓」的「故人」，意思是老朋友，指孟浩然。「辭」就是辭別、告別。「黃鶴樓」位在湖北省的武昌市。

這句詩的大意是說：「老朋友站在船上，面對著西方，告別了黃鶴樓。」這句詩從送行者的李白角度來寫，指出送別的老朋友，以及送別的地點在黃鶴樓附近；但是由於黃鶴樓有仙人乘鶴離去而不回來的傳說，因此句中便暗伏了李白不知什麼時候可以再見到孟浩然的惆悵。

第二句「煙花三月下揚州」的「煙花」，指的是春天繁華的景物。「揚州」，指江蘇省揚州市，也叫廣陵。全句的意思是：「在繁花盛開的三月裡，老朋友要到揚州去。」詩句的表面意思是交代老朋友遠行的時間和地點，但是深層意思卻有在這美好的春天和美好的地點，應該是好朋友快快樂樂相聚的日子，現在卻反而分別，不是令人傷心難過嗎？以上兩句詩，雖然寫「事」，卻隱藏了「情」。

第三、第四句「孤帆遠影碧空盡，惟見長江天際流」的

「帆」字，以部分代全體，借代為「船」。「碧空」，指碧藍的天空。「天際」，就是天邊。這兩句詩的意思是：「老朋友搭的那條船，它的影子在遠遠的藍天下不見了；現在我只看到長江的水，滾滾的流向天邊。」

這兩句詩表面寫船不見以及長江水流不停的景色，但是深層意思卻是寫李白捨不得離開江邊，仍依依不捨的望著已遠走天邊的朋友。詩中雖然寫「景」，卻隱藏了「情」。

全詩一氣呵成，自然而不雕琢，從「事」和「景」的敘述中，傳達了深厚的「情」。由此可知李白的為人和寫詩功力。

詩的小祕密

李白送好朋友遠行，並不是看到朋友上船後就離開，而是留在江邊，目送老朋友上船，目送船到天邊，目送船不見只剩下滔滔江水。以時間計算，李白送朋友上船後，也許目送朋友一小時，或者好多好多小時。這是李白對朋友的深情表現，也是李白送好朋友遠行的方式。

白居易的**慈烏夜啼**要表現什麼？

大部分的人都能體會母愛的偉大，會懷念母親、孝順母親。烏也能體會母愛的偉大，懷念母親嗎？看了大詩人白居易寫的〈慈烏夜啼〉的詩後，你的答案一定是肯定的。

慈烏夜啼

唐・白居易

慈烏失其母，啞啞吐哀音，
晝夜不飛去，經年守故林。
夜夜夜半啼，聞者為沾襟，
聲中如告訴，未盡反哺心。
百鳥豈無母，爾獨哀怨深？
應是母慈重，使爾悲不任。
昔有吳起者，母歿喪不臨，

嗟哉斯徒輩，其心不如禽！
慈烏復慈烏，烏中之曾參。

慈烏是烏鴉的一種，比一般的烏鴉稍小，嘴細狹，頸、胸、腹是灰褐色的。這首敘述慈烏的詩可以分為三小節。第一句至第八句為一小節，敘述慈烏的母親過世了，牠啞啞的哀叫。白天晚上都不肯飛走，整年都守在舊林裡。每天晚上都啼哭到半夜，聽到的人都難過得眼淚沾滿衣襟。哭聲中好像告訴說，牠沒盡到孝道。這小節是敘述慈烏失去母親後的難過情形。

為什麼白居易知道慈烏失去母親後的痛苦情形呢？這是文學「移情作用」的表達技巧，把作者的心境，移到外境去。作者快樂，所見到、聽到的外界事物都染上快樂；作者悲傷，所見到、聽到的外界事物都染上悲傷。這首詩是白居易在母親過世的守喪時期寫的。白居易在哀傷難過中，聽到小烏鴉的啼叫聲，由於移情作用，自然覺得小烏鴉在啼哭、在懷念母鴉。這一小節表面是寫慈烏，其事是寫自己的心境。

第九句的「百鳥豈無母」起，至第十二句的「其心不如禽」為第二小節。這是白居易對慈烏孝行的批評。他針對慈烏的行為自問自答說，所有的鳥類難道沒有母親嗎？為什麼你的母親一走，你那麼悲傷？應該是你的母親很慈愛，使你悲痛得不能克制。到這兒雖然寫的是慈烏，其實也是寫白居易守喪時懷念母親恩惠的心境。接著白居易從反面提起一件不孝的事：從前有一個叫吳起的人，為了功名，母親死了也不回去奔喪。接著他批評這種人說：可悲啊！這種人，他的心還不如禽獸！

最後兩句是第三小節，意思是：「慈烏啊，慈烏，你是鳥中的孝子。」這樣一寫，除了回到慈烏夜啼的事件外，也歌頌了慈烏的孝心。

為什麼詩中寫「鳥中之曾參」，卻解釋為「鳥中的孝子」？這是「借代」修辭法的應用。借代的作用是為了語言新奇和具體，以引起讀者的注意。曾參是孔子的學生。相傳有一次曾參上山砍柴，恰好朋友到曾參家拜訪。曾參的母親沒法子找到曾參，想到「母子連心」，於是咬了手指一下。曾參的心痛了一下，他馬上想到，是不是母親有事？於是趕緊回家，果然是母親在找他。曾參是有名的孝子，現在借特定名稱的「曾參」這個詞，代替普通名稱的「孝子」，語言便含蓄、具體、有味而吸引人。

詩的小祕密

〈慈烏夜啼〉表面是寫慈烏的懷念母親，其實是寫白居易的懷念母親。白居易不寫自己在守喪時期想起母親的恩惠，以及自己因母親去世的哀痛，改用「移情」技巧，敘述慈烏失去母親的哀痛情形，不但避免了被誤為自己稱讚自己的孝心，也使得詩歌更為婉曲、含蓄、多義。

白居易這首敘事詩，其實也是寫人的抒情詩；應用了「象徵」手法寫出來的。

153 ┃白居易的慈烏夜啼要表現什麼？

白居易的送別詩，為什麼一直提到「草」？

白居易是唐朝的大詩人。他的詩，語言通俗淺易，但是有味。他在十六歲時到京都去參加考試，呈上這首〈賦得古原草送別〉詩請當時做大官的詩人顧況指教。顧況先看到白居易這個名字，無意中說：「長安米價方貴，居也弗易。」後來看到他的作品大為驚奇，稱讚他是不凡的才子；有這樣的才華，要住在長安城是一件容易的事。這首以歌頌古老原野上的草送別遠行人，藏了什麼意思呢？

賦得古原草送別

唐・白居易

離離原上草，一歲一枯榮。
野火燒不盡，春風吹又生。
遠芳侵古道，晴翠接荒城。

又送王孫去，萋萋滿別情。

唐時科場考試的規矩，凡指定、限定的詩題，在題目上要加「賦得」二字，作法跟「詠物」略同。由白居易這首詩的詩題「賦得」二字，可見是應考進士考試前的習作。詩中的「離離」，是繁茂的意思；「遠芳」，指延伸到遠方的草；「侵」，指草的蔓延；「晴翠」，指晴天的時候，陽光照在草上，草呈現碧綠色；「王孫」，本來專指貴族公子，這兒借來指將送別的好朋友；「萋萋」，草茂盛的樣子。

全詩的意思是：「古老原野上茂盛的野草，一年都有一次的枯萎和繁榮。野火焚燒，不能使它們滅絕；春風一吹，它們又生機蓬勃。遠處的芳草，蔓延到古道上；晴空下碧綠的草，連接到荒涼的城市。現在又送朋友離去，滿滿的離別情意，就像茂盛的草一樣。」

由詩的詞句看，這首詩在春天的郊外送別朋友。白居易送別朋友，要表達依依不捨的心情，也要祝福朋友堅強。他不是直接把自己如何依依不捨的心情寫出來，也不是直接祝福朋友要堅強，而是利用生命力強的草來暗中表示，因此富有文學的藝術美。

他先敘述臨別前所見的野草多麼茂盛，再追述野草即使冬天枯乾了，或是被野火燒光了，但是春風一吹，它又生機蓬勃。如何生機蓬勃呢？白居易特寫野草蔓延到古道上，甚至連接到遙遠的荒城。這是歌頌野草富有頑強的生命力，也就是暗中告訴朋友，你要遠行了，要跟野草一樣，堅強、富有生命力，不要被外在的考驗擊倒。

李後主曾寫過「離恨恰如春草，更行更遠還生」的動人詩句。白居易這首詩的後兩句，點出送朋友遠行的事件，並以大地所見的茂盛野草來譬喻自己深深懷念朋友的依依不捨心情，跟李後主的詩句，恰好可以呼應。

白居易送朋友遠行，卻一直刻畫野草的頑強生命，不怕寒冬的考驗，也不怕野火的焚燒，跟朋友快樂的生活在一起，並且蔓延到古道上、遠處的荒城。這就是暗示遠行的朋友，要像野草一樣富有堅強的生命力，不要頹廢喪志。其次，末二行說送朋友遠行，離別依依不捨的情意，就像茂盛的草一樣多；這也暗示朋友，天下的草那麼多，朋友以後看到草，也會自然的想起曾經依依不捨送他遠行的白居易。

另外，本詩相對的句子，很有特色。「野火燒不盡，春風吹又生」，乃對野草「枯萎」的深入描寫；上下詩句詞性相對（如「野火」對「春風」），意思相接，屬於流水對。「遠芳侵古道，晴翠接荒城」，用草的氣味和顏色，寫春草的「榮」，詞性相對，意思相偶，有回環的強調意。

為什麼**遊子吟**是歌頌母愛的第一名詩？

受過中華文化薰陶的人，在想念母親的時候，都會不知不覺的吟誦〈遊子吟〉這首詩：

遊子吟

唐・孟郊

慈母手中線，遊子身上衣。
臨行密密縫，意恐遲遲歸。
誰言寸草心，報得三春暉？

這首詩的大意是：「慈母手中拿著的針線，正為著出遠門的孩子縫製衣裳。孩子臨走前，母親一針一線密密的縫製著，深怕孩子要好久才能回來。誰說孩子那微小如寸草般的孝心，能夠報答得完母親像春天陽光般，照耀大地萬物的偉大恩情呢？」

《歷代名篇賞析集成》這本書稱讚〈遊子吟〉是千百年來，歌頌偉大母愛的絕唱。這兒的「歌頌偉大母愛的絕唱」，指的是所有歌頌母愛的詩，這首是第一名，後世已沒有人能寫出超越它的作品了。為什麼說它是歌頌母愛第一名的詩呢？相信小朋友都想知道答案。

這首詩的作者是唐朝人孟郊，生於西元七五一年。四十六歲才考上進士，五十歲被派到江蘇的溧陽縣，當捉捕盜賊的縣尉官。他上任後想到母親的辛勞，馬上要迎接母親來溧陽縣，以就近孝順母親；並寫了這首詩。

這首詩有六句，前四句是第一小節，敘述母愛的形象。作者捕捉了全天下母親常為孩子縫製衣裳的材料來表現母愛，具有「普遍」的特性。

其次，心細的孩子穿了母親編製的衣服，除了得到溫暖外，還可以感受到母親就在身旁，正時時關懷著她的兒女。睹物思親，母親編製的衣服，便具有母愛的「永恆」性。如果改用吃的材料寫作：

慈母手中麪，遊子路上糧。臨行急急炊，意恐緩緩歸。

這樣寫，雖然也具有母愛的普遍性，但是口糧吃完了，母愛的具體形象不見了，就較缺乏母愛的永恆性。

後兩句的「誰言寸草心，報得三春暉？」是第二小節，敘述遊子歌頌母愛的偉大。作者以小草來比喻孩子，以太陽來比喻母親。太陽無私的把它的光給人、給動物、給大樹、給小草，但從來沒有要萬物報答。這就像母親無私的把它的愛送給成器的孩子，也送給不成器的孩子，而且還不要求回報一樣。

其次，孟郊以「三春暉」來比喻母愛，也有特別用意。春天的陽光除了給草木溫暖以外，也可以使草木茁壯。如果改用「三冬暉」三個月的冬天陽光，或「三秋暉」，則陽光不足，草木凋零；改用「三夏暉」，則陽光太強，草木枯焦。以春天的陽光來象徵母愛，不是最能表現母愛無私、適當的偉大嗎？

小草能報答得完陽光給的恩情嗎？孩子能報答得完母親給的恩惠嗎？看了以上的分析，你是不是已經找到為什麼孟郊的〈遊子吟〉，是歌頌母愛的第一名詩了吧？

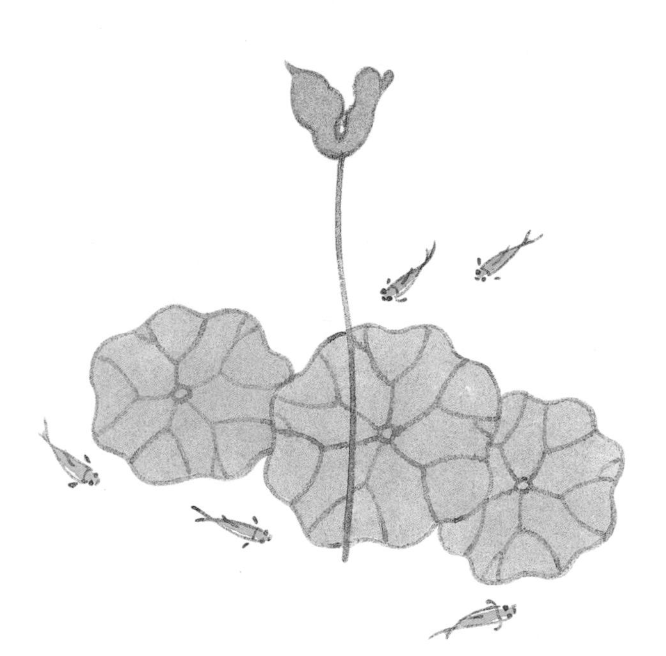

曹植的**本是同根生**藏了什麼祕密？

兄弟吵架，父母常會說：「打虎也要親兄弟」或是「本是同根生，相煎何太急？」等勸導和睦的話。「本是同根生」的話從哪裡來的？它藏了什麼意思？要知道答案，先來了解這句話的出處。

離現在約一千八百年前，三國時期的曹丕、吳國的孫權、蜀漢的劉備，都相繼稱帝。根據《三國演義》的小說記載，曹操死，魏國的曹丕繼承大權後，想起當太子時，弟弟表現傑出，父親差一點讓曹植當繼承人的事，為了永絕後患，就想找個機會把曹植害死。

曹植生於西元一九二年，是一位大詩人。後來的人說：「天下如果有一石（十斗）的文材，曹植佔了八斗。」因此後來對才華高的人，就稱讚他「才高八斗」，典故來源就出在曹植。

曹丕在朝廷上要曹植走七步，作出一首詩。曹植才思靈敏，走不到七步就作出。曹丕再以「兄弟」為題，要曹植繼續作詩，詩中不可以有「兄弟」的字，否則處死。

曹植被逼，略微思索，就作出下列的詩：

七步詩

魏．曹植

煮豆燃豆萁，
豆在釜中泣。
本是同根生，
相煎何太急？

詩中的「豆萁」就是豆莖，可當柴火。「釜」就是古時的鍋子。

曹植接到哥哥曹丕的題目後，想要表達「哥哥逼迫弟弟，弟弟痛苦得受不了」的心聲。他應用相似聯想，以譬喻的方法，敘述煮豆子的一件事：「弟弟是熱鍋中的豆子，哥哥是正當柴火燒的豆莖。鍋子裡的豆子被熱火燒得『咕唧』的泣叫說：我們是同一條根長出來的，難道要相互急切的迫害嗎？」

曹丕也是一位有名的文學家，寫過一篇很有名的〈典論〉論文，他當然聽得懂弟弟詩中的「言外之意」，也確實被弟弟的詩感動，就打消了殺曹植的念頭。

曹植能在走不完七步的短時間裡，應用相似聯想寫出這樣動人的詩，可見他真的是「才高八斗」。

「本是同根生」的句子，就是由曹植的詩來的，現在以「同根生」用來代替「兄弟親情的密切」意思。

我們讀了這個高水準的作品，可以學習這種相似聯想的寫作技巧。例如蔡季男先生要寫一首兒童詩，表達一個人什麼都不知道，卻愛吹牛說「我知道，我知道」的主

旨，於是他利用相似聯想，想到蟬兒不知道夏天榕樹為什麼長得那麼茂盛，也不知道石榴為什麼會紅，卻吹牛說：「知了，知了」的相關事件，寫下這首詩：

蟬

蔡季男

夏天是蟬兒吹牛的季節
牠不知道榕樹公公
為什麼要撐起一把大綠傘
牠不知道石榴姊姊
為什麼會穿上小紅衫
卻站在高高的樹梢大叫
知了知了

朱熹觀書有感在寫什麼？

八百多年前，宋朝有一位名叫朱熹（生於西元一一三〇年）的大學者兼詩人，他在讀完一本書後寫了一首讀書報告的詩，要告訴後人有關讀書的好處。這首詩如果寫成這樣：

書是知識的寶庫，
書是智慧的泉源。
讀書可增進智慧，
讀書可辨別是非。

詩的意思很清楚，但不會感動人。朱熹應用婉曲和象徵的方法，虛擬了一個情境，寫了兩首〈觀書有感〉的詩，一直受到大家的讚賞。其中的一首是這樣的：

觀書有感

宋・朱熹

半畝方塘一鑑開，
天光雲影共徘徊。
問渠哪得清如許？
為有源頭活水來。

這首詩不但內容好，有哲理的趣味，而且富有藝術特色。

全詩的表面意思是說：「半畝見方的小池塘，清澈得像一面打開的鏡子，可以倒映出池塘上空徘徊的天光和雲影。請問池水怎麼能這樣清澈呢？原來池塘的水是有源頭的，它是流動的水，不是死水。」

詩中「半畝方塘一鑑開，天光雲影共徘徊」，除了上述的表面意思外，深入探討，這兩句話包含了許多意思。

「半畝方塘」本來指很小的池塘，現在借來暗示是方形的書本；另外「方塘」一詞，可以借來譬喻讀書人的「寸心」，也就是借代「頭腦」、「思想」。小池塘的水常常是淺的、濁的、不流動的，這就像還沒有接受聖賢書教誨的人，常常是見識狹小、思想閉塞的。「一鑑開」本來指從鏡匣中拿出來的鏡子，可以清楚、明亮的映出物品的形象來，現在借來暗示看了聖賢書後，見識廣博了，思想高超了。

「天光雲影共徘徊」除了說鏡子可以倒映出池塘上空徘徊的天光和雲影外，這兒也暗示了這樣的意思：「天光、雲影」是人們喜愛的自然美景，這兒暗示了打開書，可以看到書中的豐富內容；另外，「天光」詞語也可以借來象徵真理、善事，「雲影」借來象徵虛偽、惡事，暗示讀了聖賢書後，可以分辨世間的是非善惡。

「問渠哪得清如許？為有源頭活水來。」「渠」是個代詞，這兒指的是「池塘」。「清」雖然是清澈的意思，但是也包含了「深」的意思；清而深的水，才能倒映出天光、雲影的影像。

這兩句表面的意思除了「請問池水怎麼能這樣清澈呢？原來池塘的水是有源頭的，它是流動的水，不是死水。」深入探討，「渠」指讀書人，「清」指見識卓越、有智慧；「源頭活水」借喻為書本的知識。

前句的意思是問讀了聖賢書的人說：「請問你為什麼能辨別是非善惡呢？」讀書的人回答說：「因為我讀了聖賢書，得到許多知識，領悟了做人處世的道理了。」

朱熹應用形象化的手法寫詩，說明讀書的好處，要人多讀聖賢書；聖賢書讀多了，自然能了解萬事萬物的道理。這首詩除了有畫趣、情趣的美外，還富有哲理的趣味。

朱熹的〈觀書有感〉共有兩首。第一首已分析於前，詩裡藏了書裡有豐富的內容，可以增進讀書人的知識和智慧，辨別是非善惡，寫出了讀書的重要和益處。全詩用象徵手法寫作，富有含蓄、委婉的藝術特色。

第二首的詩是這樣的：

昨夜江邊春水生，
蒙衝巨艦一毛輕。
向來枉費推移力，
此日中流自在行。

這首詩的「蒙衝」就是「艨艟」的意思，指可以衝破敵陣軍艦的大船。前兩句的表面意思寫的是：「昨天晚上，江邊的春水流進來了，大船像一根毛一樣輕的浮起來。」

後兩句的表面意思是：「從前要移動這艘大船的時候，花了好多力氣還沒用，春水來的日子裡，大船可以自由流動了。」寫出水漲船高，大船航行很輕便。

整首詩，實際上暗示讀書要循序漸進，培養實力，等到功力深了，思慮成熟，事理貫通，自然頓悟書中的要義，從容獲得中庸之道的意思。

楊萬里的**萬山和溪水**藏了什麼祕密？

楊萬里是宋朝人，生於西元一一二七年。他一生主張抵抗金兵，跟范成大、陸游等人，被稱為南宋中興詩人。

他的詩，常是借外界類似的事物來書寫心中的感受，因此富有情趣、理趣和畫趣的美。例如他在〈桂源鋪〉裡的詩。

萬山和溪水

宋．楊萬里

萬山不許一溪奔，
攔得溪聲日夜喧。
到得前頭山腳盡，
堂堂溪水出前村。

這首詩用字淺顯，沒什麼深奧的詞彙。詩的表面意思是說，萬山不准許山谷下的溪水流出去，它們一再的阻擋，使得溪水不管白天或晚上，都發出喧譁的聲音。被攔的溪水並沒有停下腳步，它還是往前流，終於脫離萬山的攔截，流到山腳的盡頭，堂堂正正的出了前村。

萬山和溪水，都是沒有生命的，楊萬里採用轉化中的擬人法，讓山會阻攔溪水，讓溪水不肯屈服，仍要往前流。整首詩，寫得富有情意；這是屬於情趣美。

詩中，借溪水不肯屈服於萬山的阻擋，仍要流出去；這是告訴我們，人生有種種的困境和苦難，我們應該努力突破重圍，尋得出路；這是暗中的說理，屬於理趣的美。

由這首詩的敘述，我們可以看到萬山阻擋，以及溪水往前衝，以及流到人間住屋去的畫面；這是屬於畫趣的美。

這首詩的表面雖然寫的是：「溪水遇到萬山阻攔，發出喧譁的聲音，它不向萬山屈服，終於脫離了萬山的攔截，流出深山到了人間。」其實作者要表達的是一個有才氣、有見識的人，在尋找出路的時候，常會受到外在的許多阻撓和打壓，自然會發出牢騷、不滿的心聲；他無畏外來的圍剿和困境，努力前進，最後也必定會昂然出頭的意思。

這樣的寫作，在詩中只寫形象，讓形象中暗含說理，這是「寓情於景」的表達技巧，有委婉、含蓄的特色，可以讓讀者讀來非常有味。

由這首詩還可以讓我們體會到，人生在奮鬥的過程中，有種種的困境和苦難，怎樣突破重圍，找到出路，這也是有才氣、有抱負的人應該注意的大事。

詩的小祕密

這首詩也是用到「象徵」手法寫出的詩。這兒的「萬山」，象徵外在非常多的阻攔人物；「溪水」，象徵一個有作為、有才氣的人；「溪聲日夜喧」象徵被打壓的人發出不平的抗議；「出前村」象徵成功的意思。

楊萬里於南宋紹興二十四年考取進士，官至祕書監。

他的性格剛直，一生尊奉「正心、誠意」的信念做事，不怕高官貴族的威脅、排擠。這首詩寫出了他的為人性格與抱負。

為什麼娶親時要唱桃夭詩？

過去或現在喜愛中華文化的人，在娶親的婚禮上，都要吟唱、演奏或朗誦《詩經・桃夭》詩。為什麼婚禮中要吟唱、演奏或朗誦這首詩呢？

桃夭

周・作者不詳

桃之夭夭，灼灼其華；
之子于歸，宜其室家。
桃之夭夭，有蕡其實；
之子于歸，宜其家室。
桃之夭夭，其葉蓁蓁；
之子于歸，宜其家人。

這是一首稱讚新娘子美麗，以及祝福她有個幸福、美滿家庭的詩。全詩共分三章。第一章以新長的桃樹有鮮豔的桃花，比喻新娘子有美麗的外表，並祝福她帶給婆家和樂。其中「灼灼其華」的「灼灼」，「灼」字的表義部首是火，火是紅色的；「灼灼」形容桃花盛開，一片火紅鮮明的色彩。「華」是古字的「花」。

「之子于歸」的「之」是「這」；「子」指「女子」；「于」是「往」；「歸」指「女子出嫁」。全句的意思是「這個女子出嫁」。「宜其室家」的「宜」字是「適宜」，也就是能和樂相處。「室家」指的是夫婦或家庭。

全章大意是：「桃樹長得多麼美好，花兒開得多麼俏麗；這個姑娘就要出嫁，帶給家庭和樂安好。」

第二章以桃樹有肥大的果實，比喻新娘子成熟了，有豐富的美德，並祝福她夫妻和樂、家庭幸福。其中「蕡」字指桃果的碩大；「家室」也就是「室家」，為了跟「實」字押韻而顛倒詞序。這一章的大意是：「桃樹長得多麼美好，果實結得多麼肥碩；這位姑娘就要出嫁，帶給家庭幸福美滿。」

第三章以桃樹有茂盛的葉子，比喻新娘子將來可以生一群孩子，並祝福她全族繁榮幸福。其中「蓁蓁」詞，就是樹葉茂盛的意思。全章大意是：「桃樹長得多麼美好，葉兒生得多麼秀茂。這位姑娘就要出嫁，帶給家族繁榮好兆。」

詩的小祕密

這首詩有許多特色。第一，以鮮豔的桃花象徵新娘的美貌，以碩大的桃果象徵新娘成熟、有美德，以繁茂的桃葉象徵新娘子可以使子孫滿堂。這種以桃花、桃果、桃葉的具體形象來象徵新娘，形象生動，語意委婉有味。

其次，全詩採用疊字（如：夭夭、灼灼、蓁蓁）、類句（如：桃之夭夭、之子于歸）及抽換詞面（如室家、家室、家人）的修辭法，語句在有規律又有變化的反覆中，產生了熱鬧的效果，增進了婚禮的喜悅氣氛。

另外，稱讚新娘子不但有豔如桃花的外表美，也有宜室宜家的內在美。這樣的讚美，不是很有內涵嗎？以上三點，就是為什麼有文化素養的人，在娶親的婚禮上要吟唱、演奏這首〈桃夭〉詩的答案。

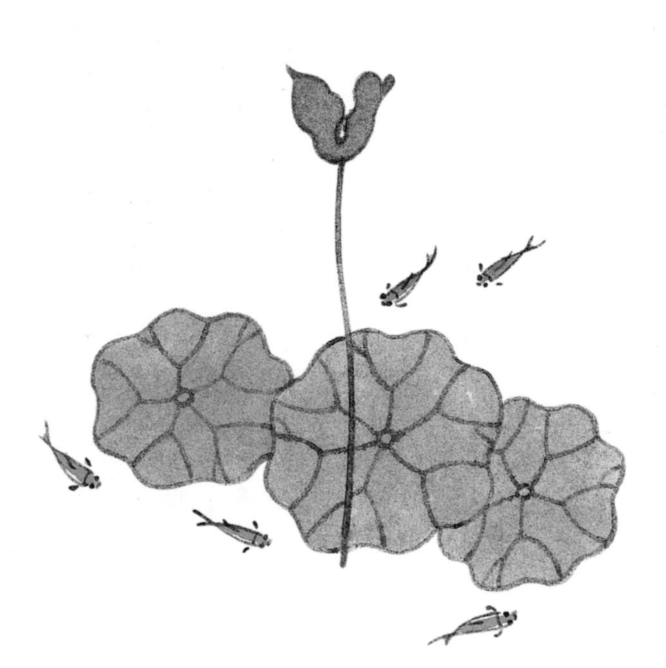

為什麼娶親時也唱**關雎**詩？

過去或現在喜愛中華文化的人，在娶親的婚禮上，除了吟唱、演奏或朗誦〈桃夭〉詩以外，也吟唱〈關雎〉詩。為什麼要吟唱這首詩呢？我們可以從這首詩的內容得到答案。

〈關雎〉是詩經裡的第一首詩，它是藉著在水邊採野菜，描寫男子追求女子的詩。孔子稱讚它「樂而不淫，哀而不傷」，意思是敘述快樂或悲傷都恰到好處，不過分。其實這一首詩還可以帶給我們許多啟示。

這首詩分四章，第一章是：

關雎

周．作者不詳

關關雎鳩，在河之洲；
窈窕淑女，君子好逑。

詩中「關關」摹寫雎鳩鳥的叫聲，「洲」是水中的沙丘，「窈窕」是形容女子的美好，「君子」是指有才學、有品德的男人，「好逑」是指好配偶。

全章的大意是：「雎鳩鳥在河中的沙丘上『關關』的對唱著；令人想到美麗、善良的姑娘，才是好男人的求婚對象。」這是全詩的總綱，敘述好男人應該找好女人為結婚對象，不是隨便拈花惹草。

第二章是：

參差荇菜，左右流之；
窈窕淑女，寤寐求之。
求之不得，寤寐思服。
悠哉悠哉，輾轉反側。

詩中「參差」指長短不齊，「荇菜」（莧菜的別名）是生在水邊的植物，葉子可以吃。「寤寐」的寤是睡醒，寐是睡著。「輾轉反側」是指在床上翻來覆去。

全章的大意是：「長長短短的水荇菜，隨著水流一會兒漂左，一會兒漂右；心目中的好姑娘也像荇菜忽左忽右（按：似願意接受，又不願意；好姑娘也要為自己的一生幸福考慮），使得君子不放心，連夢裡也得追求。追求卻追求不到，睡覺也思念得睡不好。長長的夜晚，翻來覆去總沒辦法入睡。」這章寫的是君子追求不到淑女的失望和痛苦。

追求不到所喜愛的人要怎麼辦？君子不是採用搶婚法、自殺法，而是檢討失敗的原因並打聽對方的愛好，想辦法獲得她的芳心。因此第三章寫的就是君子怎樣改變方式，接近心上人：

參差荇菜，左右采之；
窈窕淑女，琴瑟友之。

詩中的「采」就是「採」字，「琴」和「瑟」都是樂器。

全章大意是：「長長短短的水荇菜，隨著水流一會兒漂左，一會兒漂右，採菜的人在水中也或左或右的採擷它；君子為了追求心目中的好姑娘，也隨著姑娘的喜愛音樂而彈琴、鼓瑟的親近她。」

姑娘的心鬆動了，君子應該如何進一步追求呢？第四章寫的就是君子趕快捉住她的心，然後敲鐘打鼓的迎娶她：

參差荇菜，左右芼之；
窈窕淑女，鐘鼓樂之。

詩中「芼」是揀擇的意思。全章大意是：「長長短短的水荇菜，隨著水流飄左飄右，採菜的人在水中也或左或右的順從它；為了追求心目中的好姑娘，也順著情勢的發展，敲鐘打鼓娛樂她，迎娶她。」

這首詩寫出了古代好男人以「決定目標、遇挫不餒、改進方法、珍惜成果」等方法追求好女人外，也啟發我們做任何事情，能把握這四個要領，必能成功。因此有文化素養的人，在娶親的婚禮上也要吟唱〈關雎〉詩。

國家圖書館出版品預行編目資料

詩的祕密／陳正治著；洪義男繪圖.
-- 初版 . --台北市：幼獅，2011.04

面； 公分. --（多寶槅,文藝抽屜；168）

ISBN 978-957-574-816-6（平裝）

831　　100001379

多寶槅168 ◎文藝抽屜

詩的祕密

作　　者＝陳正治
繪　　者＝洪義男
出 版 者＝幼獅文化事業股份有限公司
發 行 人＝李鍾桂
總 經 理＝王華金
總 編 輯＝劉淑華
副總編輯＝林碧琪
主　　編＝林泊瑜
責任編輯＝周雅娣
美術編輯＝李祥銘
總 公 司＝10045台北市重慶南路1段66-1號3樓
電　　話＝(02)2311-2832
傳　　真＝(02)2311-5368
郵政劃撥＝00033368

門市
・松江展示中心：（10422）台北市松江路219號
電話：(02)2502-5858轉734　傳真：(02)2503-6601

印　刷＝崇寶彩藝印刷股份有限公司
定　價＝250元
港　幣＝83元
初　版＝2011.04
二　刷＝2016.09
書　號＝983041

幼獅樂讀網
http://www.youth.com.tw
e-mail:customer@youth.com.tw
幼獅購物網
http://shopping.youth.com.tw

行政院新聞局核准登記證局版台業字第0143號

幼獅文化公司／讀者服務卡／

感謝您購買幼獅公司出版的好書！
為提升服務品質與出版更優質的圖書，敬請撥冗填寫後（免貼郵票）擲寄本公司，或傳真（傳真電話02-23115368），我們將參考您的意見、分享您的觀點，出版更多的好書。並不定期提供您相關書訊、活動、特惠專案等。謝謝！

基本資料

姓名：＿＿＿＿＿＿＿＿先生／小姐

婚姻狀況：□已婚 □未婚　職業：□學生 □公教 □上班族 □家管 □其他

出生：民國＿＿＿年＿＿＿月＿＿＿日

電話：（公）＿＿＿（宅）＿＿＿（手機）＿＿＿

e-mail：＿＿＿＿＿＿＿＿

聯絡地址：＿＿＿＿＿＿＿＿

1.您所購買的書名：**詩的祕密**

2.您通常以何種方式購書?：□1.書店買書 □2.網路購書 □3.傳真訂購 □4.郵局劃撥
（可複選）□5.幼獅門市 □6.團體訂購 □7.其他

3.您是否曾買過幼獅其他出版品：□是，□1.圖書 □2.幼獅文藝 □3.幼獅少年
□否

4.您從何處得知本書訊息：□1.師長介紹 □2.朋友介紹 □3.幼獅少年雜誌
（可複選）□4.幼獅文藝雜誌 □5.報章雜誌書評介紹＿＿＿報
□6.DM傳單、海報 □7.書店 □8.廣播(　　　)
□9.電子報、edm □10.其他＿＿＿

5.您喜歡本書的原因：□1.作者 □2.書名 □3.內容 □4.封面設計 □5.其他

6.您不喜歡本書的原因：□1.作者 □2.書名 □3.內容 □4.封面設計 □5.其他

7.您希望得知的出版訊息：□1.青少年讀物 □2.兒童讀物 □3.親子叢書
□4.教師充電系列 □5.其他

8.您覺得本書的價格：□1.偏高 □2.合理 □3.偏低

9.讀完本書後您覺得：□1.很有收穫 □2.有收穫 □3.收穫不多 □4.沒收穫

10.敬請推薦親友，共同加入我們的閱讀計畫，我們將適時寄送相關書訊，以豐富書香與心靈的空間：

(1)姓名＿＿＿e-mail＿＿＿電話＿＿＿
(2)姓名＿＿＿e-mail＿＿＿電話＿＿＿
(3)姓名＿＿＿e-mail＿＿＿電話＿＿＿

11.您對本書或本公司的建議：

廣 告 回 信
臺北郵局登記證
臺北廣字第942號

請直接投郵　免貼郵票

10045　臺北市重慶南路一段66-1號3樓

幼獅文化事業股份有限公司　收

請沿虛線對折寄回

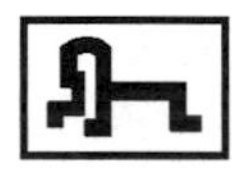

客服專線：02-23112832分機208　　傳真：02-23115368

e-mail：customer@youth.com.tw

幼獅樂讀網http：//www.youth.com.tw